Mein Freund markiert Bäume

Moonstruck Mating
Buch zwei

Eve Langlais

Copyright © 2024 Eve Langlais

Englischer Originaltitel: »My Boyfriend Marks Trees (A Moonstruck Mating Book 2)«
Deutsche Übersetzung: Noëlle-Sophie Niederberger für Daniela Mansfield Translations 2024

Alle Rechte vorbehalten. Dies ist ein Werk der Fiktion. Namen, Darsteller, Orte und Handlung entspringen entweder der Fantasie der Autorin oder werden fiktiv eingesetzt. Jegliche Ähnlichkeit mit tatsächlichen Vorkommnissen, Schauplätzen oder Personen, lebend oder verstorben, ist rein zufällig. Dieses Buch darf ohne die ausdrückliche schriftliche Genehmigung der Autorin weder in seiner Gesamtheit noch in Auszügen auf keinerlei Art mithilfe elektronischer oder mechanischer Mittel vervielfältigt oder weitergegeben werden.

Titelbild entworfen von: Atra Luna's Book Cover and Logo Art © 2024
Herausgegeben von: Eve Langlais www.EveLanglais.com

eBook ISBN: 978-1-77384-544-9
Taschenbuch ISBN: 978-1-77384-545-6

Besuchen Sie Eve im Netz!
www.evelanglais.com

KAPITEL EINS

Quiek!

Das braune Eichhörnchen mit dem weißen Streifen auf dem Kopf – das Ares und seine Geschwister Skippy genannt hatten – hatte viel zu sagen, als Ares den Baum absägte.

Genau wie sein Wolf.

Ein Biss, und es wird still sein.

Seine Antwort an seine pelzige andere Hälfte? *Du weißt, was ich vom Verzehr von rohem Fleisch in dieser Form halte.*

Ich habe gesehen, wie du dein Steak isst.

Der Unterschied ist, dass Steak nicht mit Haaren bedeckt ist und köstlich schmeckt.

Zumindest darin waren sie sich einig.

»Tut mir leid, Kleiner, aber der hier ist für den

Markt bestimmt«, sagte Ares zu Skippy. Das gesamte Feld war ursprünglich von seinem Vater vor mehr als zwei Jahrzehnten angelegt worden. Als sein Vater starb, übernahm Ares die Planung und Pflege der Tannen, Fichten und Kiefern, die die Leute in der Weihnachtszeit so sehr begehrten.

Das Schlimmste an der Tirade des Eichhörnchens? Es hatte nicht einmal ein Nest in dieser speziellen Tanne. Auch nicht in den anderen drei, über die es sich aufregte. Es schien, als hätte Skippy das gesamte Feld für sich beansprucht.

Ares hockte sich hin und sägte weiter.

Grack. Das aufgeregte Eichhörnchen schrie, bevor es Schnee auf Ares' entblößten Nacken fallen ließ.

»Verdammte Scheiße!« Er rollte sich auf den Rücken und warf ihm einen bösen Blick zu. Das Tier schien nicht beeindruckt zu sein, denn es regte sich weiter auf.

Von einem Nagetier schikaniert. Diese Demütigung, beklagte sich sein Wolf.

Ehrlich gesagt eher lästig als peinlich. Ares fletschte die Zähne und knurrte.

Das Eichhörnchen ließ einen Pinkelstrahl los, und Ares konnte ihm gerade noch ausweichen.

»Mach weiter so und ich fresse dich«, warnte Ares. Das Eichhörnchen gab ihm das tierische Äquivalent eines »Fick dich« und sprang zu einem anderen Baum, der besser für die Kreatur geeignet war, da er noch nicht die richtige Größe für den Verkauf erreicht hatte und Ares noch nicht plante, ihn zu fällen.

Erneut hockte Ares sich unter die tiefsten Äste und beendete seine Arbeit. Dann, weil der kleine Junge in ihm noch immer lebendig war, schrie er: »Baum fällt!«, als er auf dem gefrorenen Boden landete und die dünne Schneeschicht aufwirbelte.

Er wurde erwischt. Seine jüngere Schwester Selene – die sich so gut anschleichen konnte wie niemand sonst – zwitscherte: »Einen Moment lang dachte ich, du würdest anfangen, ein Holzfällerlied zu singen.«

»Niemals. Das ist für mich genauso schlimm wie der moderne Pop-Scheiß«, brummte er.

»Oder Weihnachtsmusik oder irgendetwas mit einem lustigen Rhythmus«, beschwerte seine Schwester sich.

»Ich mag die Klassiker.« Zu den Klassikern gehörten Kiss, Led Zeppelin und AC/DC. Er war damit aufgewachsen, weil sein Vater sie hörte, und fand sie besser als alles, was heutzutage veröffentlicht wurde.

»Du bist wie ein alter Mann im Körper eines Siebenundzwanzigjährigen«, sagte sie mit einem Kopfschütteln.

»Nicht alt, eher ein Genießer der Klassiker.«

»Kein Wunder, dass du immer noch Single bist. Vielleicht solltest du es in den Altersheimen versuchen. Ich bin sicher, dass dort jemand deinen Musikgeschmack zu schätzen weiß.«

»Ha, ha. Sehr witzig. Was gibt's denn? Brauchst du etwas?«

»Ich habe mich eher gefragt, ob du Hilfe auf dem Markt brauchst«, antwortete sie.

»Kommt drauf an. Willst du dich beschweren, dass es kalt ist, und losziehen, um alles in Sichtweite zu kaufen, während ich die Arbeit mache?«

Selenes Grübchen erschien, als sie lächelte. »Wahrscheinlich. Aber ich wollte höflich sein und es anbieten.«

»Ich komme schon zurecht. Ich bin gerade mit dem Beladen des Wagens fertig, und der Platz ist bereits vorbereitet.«

»Klingt, als sei Skippy nicht glücklich mit dir«, bemerkte Selene, als das Eichhörnchen von einem Ast baumelte und schnatternd eine Faust schüttelte.

»Skippy muss eine andere Baumgruppe finden, die er für sich beanspruchen kann.«

Selene kicherte. »Ich glaube, es ist ein Spiel für ihn. Jedes Jahr habt ihr beide denselben Kampf.«

Das hatten sie. Und jedes Jahr wollte sein Wolf Skippy fressen. Es sollte angemerkt werden, dass sein Wolf bei Vollmond, wenn er pelzig war und auf vier Pfoten lief, nicht in die Nähe von Skippys Feld kam, und er fraß auch keine Eichhörnchen, obwohl er sie gern auf Bäume jagte.

»Seid du und Mom bereit für euren Ausflug?«

»Ja!« Selene klatschte in ihre behandschuhten Hände. »Der Countdown läuft. Bist du sicher, dass du nicht mitkommen willst?«

»Ja, bin ich.« Ares hatte in letzter Minute eine Kreuzfahrt für seine Mutter und seine Schwester ergattert, über die er sie frühzeitig informiert hatte, da es ihr Weihnachtsgeschenk war.

»Aber du wirst über die Feiertage ganz allein sein.« Selenes ewiges Lächeln verblasste.

»Ich werde wohl kaum allein sein. Athena wird da sein, und ich habe eine Einladung, Heiligabend und den ersten Weihnachtsfeiertag bei den Kennedys zu verbringen.« Athenas neuer Freund Derek ging mit Großeltern einher, die zwar ein wenig verrückt waren – und nein, er übertrieb nicht, sie hatten einen für die Apokalypse vorbereiteten Bunker und genügend Munition, um einen Krieg zu beginnen –, aber es machte eigentlich ziemlich viel Spaß, mit ihnen zusammen zu sein.

Gute Leckereien, war der Zusatz seines Wolfes.

»Ich bin ein bisschen neidisch. Oma wird wahrscheinlich ein tolles Festmahl zubereiten.« Selene rollte mit den Augen und schmatzte mit den

Lippen. »Diese Zuckertörtchen, die sie geschickt hat, waren göttlich.«

»Das kann ich nicht wissen. Du hast sie alle aufgegessen.«

»Wer zuerst kommt, mahlt zuerst«, sang sie.

»Du hast alle zwölf gegessen, bevor ich von der Arbeit kam«, beschwerte er sich.

»Ups. Wie auch immer, da du meine Hilfe nicht willst, mache ich mich jetzt auf den Weg. Ich muss ein paar Kaninchen abliefern.« Seine Schwester züchtete Kaninchen, um sie zu jagen und an Restaurants zu verkaufen. Mom war die Honig- und Kuchenkönigin, während Ares, der als Mechaniker arbeitete, seine Freizeit mit der Herstellung von Käse und dem Anbau von Weihnachtsbäumen verbrachte. Nur Athena hatte sich für einen Job entschieden, der nichts mit der Farm zu tun hatte, und arbeitete als Labortechnikerin.

Mit einem fröhlichen Winken hüpfte Selene davon, eine glückliche Frau trotz des kürzlichen Traumas, von einem verrückten Arzt entführt worden zu sein, der der Welt verkünden wollte, dass sie Werwölfe waren – das heißt, dass alle drei Geschwister sich bei Vollmond in vierbeinige pelzige Bestien verwandelten.

Gut, dass Selene das unbeschadet überstanden hatte, sonst hätte Ares einen Weg gefunden, den

Arzt ein zweites Mal zu töten. Man sollte sich nicht mit seiner Familie anlegen.

Ares verpackte den letzten Baum, bevor er ihn zu den anderen legte. Er würde sich beeilen müssen. Der Markt eröffnete bald. Wenigstens hatte er es nicht allzu weit. Arnprior und die Kirche, die den Weihnachtsmarkt organisiert hatte, waren nur eine kurze Fahrt von der Familienfarm in Calabogie entfernt.

Auf dem Parkplatz wimmelte es von Verkäufern, die ihre Stände im Freien aufgebaut hatten, während andere ihre Tische in der Kirche aufstellten. Ares hatte einen Bereich bereits abgegrenzt, und es dauerte nicht lange, bis er sein Schild *Weihnachtsbäume zu verkaufen* mit den Preisen nach Größe aufstellte. Dann legte er die gebundenen Bäume an die Sägeböcke, die er am Vortag aufgestellt hatte. Früher hatte Ares den Leuten erlaubt, sich ihren eigenen Baum auf der Farm auszusuchen. Aber es hatte zu viele Zwischenfälle mit Idioten gegeben, die nicht auf die Anweisungen hörten und sich mit der Axt als unheimlich erwiesen. Viel besser war es, die Bäume fertig auf dem Markt anzubieten. Das schnelle und einfache Geld war dafür gedacht, seine Mutter und Schwestern zu verwöhnen. Ein kleines Polster wäre auch ganz praktisch, denn Athena schien ein Kind mit ihrem Feuerwehrmann-Freund zu erwarten.

Nicht dass sie es angekündigt hätte, aber Ares hatte die Veränderung in ihr während ihres letzten Laufs bei Vollmond gerochen.

Als Ares von seinem angelehnten Stapel herumwirbelte, um sich einen weiteren Baum zu schnappen, erschrak er beim Anblick eines kleinen Mädchens mit rosigen Wangen und roter Wollmütze, die ihn musterte. Ihre dazugehörigen Fäustlinge passten nicht zu ihrem hellblauen Schneeanzug.

»Hallo«, zwitscherte das Kind.

»Hey.«

»Deine Bäume sind zerdrückt«, bemerkte sie.

»Sie werden sich schön aufplustern, wenn wir die Schnüre lösen.«

Das Kind legte den Kopf schief. »Mama sagt, echte Bäume sind unordentlich.«

»Manchmal, aber sie riechen wirklich gut.« Gut genug, dass er sie offenbar angepinkelt hatte, als er klein gewesen war, ohne Rücksicht darauf, dass sie im Wohnzimmer standen. Seine Mutter machte es wahnsinnig, während Dad immer lachte und behauptete: »*Der Junge markiert nur sein Revier.*«

»Greta, du solltest diesen Mann besser nicht belästigen«, rief eine herbeieilende Frau, deren aschblondes Haar durch knallpinke Ohrenschützer zurückgehalten wurde. Sie hatte glatte

Gesichtszüge, rosa Lippen, die zu ihren rosigen Wangen passten, und strahlend braune Augen. Auch ihre Figur war schön, die Jeans schmiegte sich an ihren kurvigen Körper.

Mmm, sie riecht gut. Sein Wolf war einverstanden.

»Er hat richtige Bäume, Mommy.« Greta zeigte auf ihn. »Jetzt sind sie zerdrückt, aber er sagt, sie riechen gut und plustern sich auf. Können wir einen haben?«

»Wir können dieses Jahr keinen Baum holen, Süße.«

Der Knirps verzog die Lippen. »Ich weiß. Weil wir etwas zu essen brauchen und keine fri-vo-ligen Dinge.«

Ares verkrampfte sich, als das Kind unbeabsichtigt den wahren Grund verriet, warum sie keinen Baum hatten.

»Eines Tages werde ich dir den größten Baum besorgen, den du je gesehen hast«, murmelte die Frau, während sie sich neben das Kind hockte.

»Okay.« Greta hatte keinen Wutanfall wie andere Kinder. Sie nahm es ruhig hin.

Ihre Mutter lehnte sich nahe heran und flüsterte: »Ich habe einen Schneemann wandern sehen.«

»Schneemänner können nicht laufen«, schnaubte das Kind.

»Aber dieser hier schon, und er hat Zuckerstangen!«

»Ooooh.« Greta sah sich nach links und rechts um, bevor sie die verkleidete Person entdeckte. »Ich sehe ihn!« Sie stürzte sich auf den Schneemann mit den Süßigkeiten.

Die Frau erhob sich. »Tut mir leid, wenn sie Sie gestört hat.«

»Nein, sie war in Ordnung. Süßes Kind.«

Netter Welpe, stimmte sein Wolf zu.

»Frühreif und ohne Filter, meinen Sie.«

Seine Mundwinkel zuckten. »Das ist sie. Sie hat erwähnt, dass Sie keinen Baum haben. Warum nehmen Sie nicht einen aufs Haus?«

Sie musterte ihn, ihr Blick misstrauisch angesichts dieses Angebots. »Ich brauche Ihre Almosen nicht.«

»Das sind keine Almosen. Ich weiß bereits, dass ich sie nicht alle verkaufen werde. Wenn Sie jetzt einen nehmen, muss ich ihn nicht nach Hause schleppen.«

Sie schürzte die Lippen. »Ihr Angebot ist zwar nett, aber ich fürchte, ich habe keine Möglichkeit, ihn zu uns nach Hause zu bringen. Aber danke.«

Damit drehte sich die hübsche Frau mit ihrem süßen Hintern – *zum Anbeißen* – um und ging ihrer Tochter hinterher.

Ares schaute der Frau immer wieder nach,

während sie über den Weihnachtsmarkt schlenderte. Sie kaufte zwar nichts, aber es gelang ihr, ihrem Kind einen vergnüglichen Nachmittag mit Gesichtsbemalung, einem Besuch des Weihnachtsmanns und natürlich einer Handvoll Zuckerstangen zu bereiten. Er sah sogar, wie sie wegging und die Kleine an der Hand hielt, während sie Weihnachtslieder sangen und nicht auf einen Wagen zusteuerten, sondern zu Fuß außer Sichtweite verschwanden. Wahrscheinlich wohnten sie in dieser Gegend.

Als Ares Schluss machte und fünf Bäume zurück auf den Anhänger lud, mit dem er sie transportiert hatte, bemerkte er einen roten Fäustling auf dem Boden. Einen Wollfäustling, den er wiedererkannte und auf dessen Innenseite ein Name aufgestickt war.

Greta Dawson.

Das Kind würde ihn brauchen, denn es war Schnee vorhergesagt und die Mutter war knapp bei Kasse.

Mit einem Baum über der Schulter und dem Fäustling in der Hand, der ihm eine Fährte gab, verfolgte er ihre Schritte zurück. Fast hätte er die Abzweigung in eine Seitenstraße verpasst. Sein Wolf jedoch nicht.

Sie sind in diese Richtung gegangen.

Er drehte um und schlenderte weiter, wobei er

sich fragte, was er sagen sollte. Schließlich würde sie sich wahrscheinlich fragen, wie er sie gefunden hatte. Er konnte nicht gerade sagen, dass er einen Supergeruchssinn hatte. Was würde stattdessen plausibel klingen? Dann fiel es ihm ein. Er hatte gesehen, wie sie bei der Dame, die Kuscheltiere strickte, ein Los für eine Tombola ausfüllte. Anhand des Nachnamens auf dem Fäustling hätte er sie leicht zuordnen können.

Die Ausrede fand sich gerade noch rechtzeitig, als sein Wolf schnaubte: *Hier.*

Das Reihenhaus, das wahrscheinlich schon bessere Zeiten gesehen hatte, seit es vor fünfzig Jahren gebaut worden war, wirkte im Vergleich zu seinen Nachbarn ordentlich. Der Gehweg war von Schnee und Eis befreit. An der Tür hing ein Kranz, der offensichtlich von einem Kind aus buntem Papier gebastelt worden war. Das vordere Fenster leuchtete und hob das daran festgeklebte handgezeichnete Bild des Weihnachtsmannes hervor – mit einem breiten Lächeln voller Zähne, um das ein Wolf ihn beneiden würde.

Ares klopfte an und wartete, leicht nervös. Er schob es auf die Tatsache, dass er noch nie etwas so Kühnes getan hatte, aber er konnte nicht anders. Er könnte behaupten, eine gute Tat zu vollbringen, indem er den Fäustling zurückbrachte, aber in

Wahrheit wollte er die Mutter des Mädchens wiedersehen.

Als die Tür geöffnet wurde, rief die Frau: »Was machen Sie hier?«

Ares hielt den Fäustling hoch. »Den habe ich gefunden.«

Bevor die Frau etwas erwidern konnte, ertönte ein markerschütternder Schrei von drinnen.

Die Frau wirbelte herum und stürmte ins Haus.

Rette den Welpen!

Ares dachte nicht nach. Er ließ den Baum fallen und folgte ihr.

KAPITEL ZWEI

»Was ist los?«, rief Charlotte, als sie zu ihrer Tochter eilte. Greta stand auf einem Küchenstuhl und zeigte auf etwas.

»Ein hässlicher Käfer!«

»Im Ernst?«, schnaubte Charlotte, schreckte jedoch zurück, als sie ihn erblickte. Der Käfer war wirklich ein hässliches Ding mit vielen Beinen und winkenden Antennen. Und er bewegte sich schnell.

»Töte ihn!«, schrie Greta. »Er entkommt.«

Charlotte zögerte. Die Vorstellung, ihn nur mit Socken an den Füßen zu zertreten, ließ sie erschaudern.

Er krabbelte in Charlottes Richtung, und sie schrie, bevor sie auf einen Stuhl sprang.

Der Käfer wusste, dass er sie in die Enge

getrieben hatte, blieb zwischen den Stühlen stehen und wackelte mit all seinen ekligen Körperteilen.

Stampf. Der Weihnachtsbaummann, der es irgendwie geschafft hatte, sie zu finden, kümmerte sich um den Käfer und entschuldigte sich dann. »Tut mir leid, dass ich mit meinen Stiefeln hereingeplatzt bin. Ich hörte das Kind ausflippen und habe nicht nachgedacht. Ich habe einfach gehandelt.«

Bevor Charlotte ihn aus dem Haus werfen konnte, warf Greta sich buchstäblich auf den Mann, der sie glücklicherweise auffing. Greta schlang die Beine um seinen Oberkörper, umarmte seinen Hals und krähte: »Mein Held!«

»Äh ...« Der Baummann stand unbeholfen da und schien nicht zu wissen, was er tun sollte.

»Greta, komm runter. Du kannst nicht einfach Leute überfallen. Vergiss nicht, dass wir über persönlichen Freiraum gesprochen haben«, schimpfte Charlotte.

Ihre Tochter lehnte den Kopf an seine Schulter. »Aber er hat mich gerettet und er riecht gut.«

»Greta!« Ihre Stimme hatte einen warnenden Tonfall.

Hörte das Mädchen auf sie? »Es macht ihm nichts aus, oder?« Greta richtete ihren strahlenden Blick auf ihn, und es war keine Überraschung, dass er sich der Niedlichkeit nicht entziehen konnte, wie das Lächeln bewies, das er erwiderte.

»Ist schon gut. Ich habe schon viel Schwereres getragen, und ich bin immer froh, wenn ich Damen in Not helfen kann.«

»Damen.« Greta kicherte. »Ich bin ein kleines Mädchen.«

»Ja, das bist du. Und ich glaube, du hast den hier vergessen.« Er hielt immer noch den roten Fäustling in der Hand, den Charlotte schon verloren geglaubt hatte, als sie mit nur einem nach Hause kamen.

»Ooh. Danke schön.« Greta schnappte ihn sich und winkte damit. »Siehst du, Mama, nicht verloren.«

Sie rollte mit den Augen. »Da hast du Glück gehabt. Jetzt bedanke dich bei dem Mann und verabschiede dich, denn ich bin sicher, dass er noch woanders sein muss.«

»Muss er denn gehen?«, fragte Greta mit ihrer besten flehenden Stimme und großen, großen Augen.

»Ich wollte mich nicht aufdrängen. Ich wollte nur den Fäustling und eine weitere Sache abliefern.«

»Welche weitere Sache?«, fragte Charlotte misstrauisch.

»Ich habe Ihnen einen der übrig gebliebenen Bäume mitgebracht.«

Wieder hatte Charlotte keine Zeit zu antworten, da Greta schrie: »Einen Baum! Einen echten! Für mich?«

»Ja, für dich.« Er lachte. »Wenn du mir einen Moment Zeit gibst, bringe ich ihn rein.«

»Ich weiß nicht, ob Sie das tun sollten«, erwiderte Charlotte steif. »Ich habe nichts dafür.« Weder einen Topf noch einen Ständer oder gar Dekoration.

»Machen Sie sich keine Sorgen, ich habe an alles gedacht.« Er zwinkerte Greta zu. »Du sagst mir, wo ich ihn hinstellen soll.«

So ziemlich überall, denn es fehlte an Möbeln, und die Couch im Wohnzimmer war das einzige größere Stück. Ihr kleiner Fernseher stand auf einer abgenutzten Kommode, die jemand zum Sperrmüll auf den Bordstein gestellt hatte. Charlotte wollte sie schon seit Ewigkeiten streichen.

Greta hüpfte und klatschte in der kleinen Diele in die Hände. »Oh, Mama. Schau mal. Ein Baum. Ein echter Baum. Das ist ein Weihnachtswunder.«

Charlotte hasste zwar Almosen und die Tatsache, dass dieser Fremde sie irgendwie gefunden hatte, aber sie wollte die Freude ihrer Tochter nicht zerstören. Es war noch Zeit genug, diesen Mann in seine Schranken zu weisen. Und wenn er etwas versuchte ... Sie trug nicht ohne Grund ein Springmesser an ihrer Gürtelschlaufe.

Eine Frau konnte nicht vorsichtig genug sein. Als Überlebende von Gewalt und weil sie dieses Gefühl der Hilflosigkeit hasste, hatte sie einen Selbstverteidigungskurs besucht. Sie ging auch auf YouTube und lernte, wie man mit mehr als nur den Fäusten kämpfte. Denn wenn *er* sie jemals finden sollte, brauchte sie jeden Vorteil, den sie bekommen konnte.

»Wo soll ich ihn hinstellen, kleine Prinzessin?«, fragte der Mann, als er mit einem Baum zurückkam, der viel größer war als das dürre Überbleibsel, das sie erwartet hatte.

»Genau da. Vor dem Fenster.« Greta zeigte darauf.

»Ein sehr guter Platz. Aber ich stelle ihn kurz hier ab, während ich den Ständer hole. Ich brauche nur ein paar Minuten. Er ist in meinem Wagen, der an der Kirche geparkt ist.«

Er musste gejoggt sein, denn es dauerte weniger als fünf Minuten, bis er mit dem Ständer ankam. Es handelte sich um eine in Kanthölzer eingelassene Metallschüssel.

»Was für ein Glück, dass Sie all diese Dinge in Ihrem Wagen hatten«, sagte Charlotte, wobei sie ihr Misstrauen nicht verbarg, dass er sein Eindringen in ihr Haus sorgfältig geplant hatte.

»Manche Leute wollen gern einen Baum, haben aber nicht die nötigen Dinge, um ihn aufzustellen. Deshalb stelle ich immer sicher, dass ich ein paar Ständer und Eimer dabeihabe, nur für den Fall«, antwortete er über eine Schulter, während er den Baum in der Vorrichtung platzierte. »Füllen Sie die Schüssel mit Wasser, damit er länger hält. Wenn er trocken wird, fallen die Nadeln ab.«

»Ich werde Wasser holen!« Greta lief in die Küche.

Das gab Charlotte die Gelegenheit, Fragen zu stellen. »Wie genau haben Sie uns eigentlich gefunden?« Denn es hatte seine Gründe, warum sie nicht im Telefonbuch stand.

»Nachdem ich den Fäustling gefunden hatte, ließ mich Carrie, die Dame, die die Tombola für ein Kuscheltier veranstaltet, freundlicherweise die Lose durchsehen, um zu sehen, ob ich den Namen zuordnen konnte. Ich habe keine Greta Dawson gefunden, aber es gab eine Charlotte Dawson.«

Eine plausible Erklärung und mehr Mühe, als sie einem Mann zugetraut hätte, nur um einen Fäustling zurückzubringen. Was wollte er wirklich?

Greta kam mit einer Schüssel voll Wasser zurück, die trotz ihrer vorsichtigen Schritte überschwappte. Charlotte benutzte ihre Socken, um das verschüttete Wasser aufzuwischen, anstatt ihn mit ihrer Tochter allein im Zimmer zu lassen.

Der Baummann half Greta, das Wasser einzugießen. »Okay, jetzt musst du zurücktreten.« Er zog ein Messer, und Charlotte erstarrte. Der Mann grinste Greta an. »Bereit für das Aufplustern?«

»Jaaaa.« Greta wippte vor Aufregung auf den Fersen.

Mit dem Messer durchtrennte er die Schnur, und obwohl er nicht wie im Film ein Fenster zertrümmerte, explodierte der Baum förmlich und breitete seine ausladenden Äste aus.

»Oooh.« Gretas Augen weiteten sich, und Charlotte wünschte, sie hätte diejenige sein können, die ihr das Staunen ins Gesicht zauberte. Mehr als Miete und Lebensmittel konnten sie sich im Moment einfach nicht leisten. Da sie keine Kinderbetreuung bezahlen konnte, konnte sie nur arbeiten, während Greta in der Schule war oder wenn die ältere Nachbarin von nebenan auf Greta aufpasste, im Austausch dafür, dass Charlotte ihr Haus putzte. Sie hatte gespart, um dafür zu sorgen, dass sie am Weihnachtsmorgen überhaupt ein Geschenk für Greta hatte.

Als sie geflohen waren, hatten sie nichts gehabt. Charlotte hatte sich nicht einmal getraut, ihre Wohnung aufzusuchen, um einen Koffer mit Kleidung zu packen. Sie hatte ihre Möbel und ihr Leben zurückgelassen. Sie war quer durchs Land geflohen, von den Rocky Mountains nach Ontario. Sie hätte noch weiter gehen können, aber zu diesem Zeitpunkt war ihr nicht mehr viel Geld geblieben. Gerade genug, um die Mietkaution zu bezahlen. Deshalb wohnten sie am Stadtrand von Ottawa, in einer kleinen Stadt namens Arnprior, wo man als nicht allzu wählerischer Mensch eine Wohnung mieten konnte, die nur die Hälfte des Gehalts kostete. Der Rest ging für Lebensmittel drauf, die inzwischen astronomisch teuer waren, sowie für das Nötigste wie Kleidung für ein heranwachsendes Kind und einen kleinen Notgroschen, falls sie wieder einmal fliehen mussten.

Greta unterhielt sich mit dem Mann, während er ihr zeigte, wie man die Äste auflockerte. Erst als er nach Papier und Schere fragte, woraufhin Greta loslief, verschränkte Charlotte die Arme und fragte: »Was machen Sie da?«

»Freude schenken?«, bot er mit einem schiefen Grinsen an.

»Im Ernst?« Sie zog eine Augenbraue hoch. »Was genau haben Sie vor? Ich habe Ihnen nichts zu geben.«

»Ich verlange nichts.«

»Ich mache auch nicht die Beine breit. Wenn Sie also deswegen irgendwelche Gefälligkeiten erwarten«, sie deutete auf den Baum, »dann werden Sie enttäuscht sein.«

Er schürzte die Lippen. »Ich bin nicht diese Art von Mann. Hören Sie, ich weiß, das ist vielleicht schwer zu glauben, aber ich wollte wirklich nur etwas Freude verbreiten. So wurde ich erzogen.« Er stand auf und streckte eine Hand aus. »Mir ist aufgefallen, dass wir uns noch nicht richtig vorgestellt haben. Ich bin Ares McMurray, und bevor Sie denken, ich würde lügen oder bin ein Serienmörder, hier ist meine Karte.« Er überreichte eine schwarz geprägte Visitenkarte mit dem Titel *Ares' Handgemachter Käse*, einer Internetadresse und einer Telefonnummer.

»Sie machen Käse?« Sie konnte nicht umhin, ein wenig ungläubig zu klingen.

»Ja. Den besten, den Sie je gegessen haben«, prahlte er. »Aber da ich damit nicht gerade das große Geld verdiene, arbeite ich auch in einer Werkstatt.«

»Woher weiß ich, dass das echt ist?«

»Googeln Sie es. Ich bin echt. Wenn Sie wollen, können Sie auch meine Mutter und meine Schwestern anrufen. Sie werden für mich bürgen.«

Greta kam zurück und wedelte mit Papier und Schere, wobei das Papier eigentlich schon benutzt war, denn eine Seite war wie ein Flyer bedruckt. Charlottes Arbeitsplatz hatte zu viele davon für einen Ausverkauf gedruckt, und anstatt sie in den

Müll zu werfen, hatte sie sie zum Basteln mit nach Hause genommen.

»Ich habe es!«, kreischte Greta. »Was willst du damit machen?«

»Nun, dieser Baum ist irgendwie leer, kleine Prinzessin. Was hältst du davon, wenn wir ihm ein paar Schneeflocken verpassen?«

»Jaaa.« Greta ließ sich auf den Boden plumpsen und sah zu, während Ares ihr zeigte, wie man das Papier wie eine Ziehharmonika faltete, Teile abschnitt und dann mit einem »Ta-da!« auseinanderzog.

»Hübsch.« Greta brachte es zum Baum und drapierte es. »Lass uns noch eine machen.«

»Du bist dran.« Er führte Greta, ohne sie zu berühren, was Charlotte sehr zu schätzen wusste, und schon bald hatte ihre Kleine ihre eigenen Schneeflocken am Baum.

Daraufhin murmelte Charlotte: »Ich glaube, wir haben auch Popcorn, das wir auffädeln können.« Wenn der Baum schon da war, konnte sie auch mitmachen.

Eine Stunde später war der Baum mit Papierschneeflocken und einer Makkaroni-Popcorn-Girlande geschmückt, und ganz oben saß Gretas geliebte billige Kopie einer Aschenputtel-Figur, dank Ares, der einen Weg gefunden hatte, sie dort zu fixieren. Es fehlten nur noch die Lichter, und die gab es bei ihrer Arbeit für fünf Dollar pro Strang. Sie würde einfach ein paar Tage lang kein Fleisch kaufen.

Greta rieb sich den Bauch. »Ich habe Hunger, Mama.«

Der späte Nachmittag war zur Abendessenszeit geworden, und Charlotte knabberte an ihrer Unterlippe, denn es wäre richtig gewesen, Ares zum Essen einzuladen, aber der übrig gebliebene Auflauf reichte kaum für zwei.

»Warum wäschst du dir nicht die Hände, Süße, und Mama macht dir was.«

Als Greta aus dem Zimmer hüpfte, wurden Charlottes Wangen heiß, als sie murmelte: »Tut mir leid, aber ich habe noch nicht eingekauft und –«

»Sie müssen sich nicht entschuldigen oder es erklären. Ich weiß, ich habe Ihre Gastfreundschaft überstrapaziert. Auch wenn ich eher hereingeplatzt bin. Sie haben ein süßes Kind.«

»Ich weiß.«

»Danke, dass Sie mich nicht mit Ihrem Messer gestochen haben. Ich weiß, ich habe Sie irgendwie überrumpelt.«

Ihre Augen weiteten sich. Er hatte es also bemerkt. »Danke, dass Sie kein Psychopath sind.«

Seine Mundwinkel zuckten. »Nur ein seltsamer Typ, der Weihnachtsbäume verkauft und

Käse herstellt. Ich sollte jetzt gehen. Mom hat das Abendessen normalerweise um halb sieben auf dem Tisch, und es wird mindestens eine halbe Stunde dauern, bis ich zu Hause bin.«

»Sie wohnen bei Ihrer Mutter?« Ihre Worte klangen ein wenig abschätzig.

»Ich und meine kleine Schwester. Wir mögen es nicht, wenn Mom allein ist, vor allem weil auf der Farm immer etwas zu tun ist. Meine ältere Schwester Athena ist ausgezogen, aber sie kommt oft vorbei.«

Ein Mann, der seiner Familie nahestand. Süß und selten heutzutage.

Greta hüpfte wieder herein und sah, wie Ares seinen Mantel anzog. »Du gehst?« Sie zog die Mundwinkel nach unten.

»Ja. Aber ich hatte viel Spaß. Danke, dass ich beim Schmücken deines Baumes helfen durfte.«

»Gern geschehen. Wann kommst du wieder?«

»Ich bin mir nicht sicher, Prinzessin. Ich denke, das hängt von deiner Mutter ab.«

Charlotte hatte sich seit der bitteren Erfahrung mit Gretas Vater für keinen Mann mehr interessiert, deshalb war sie überrascht, als sie murmelte: »Vielleicht kann er ein anderes Mal zum Abendessen kommen.«

Das Lächeln, das er ihr schenkte, schwängerte sie fast. Ihre Eierstöcke wackelten auf jeden Fall ein wenig. Mein Gott, er war auf keinen Fall Single. Und wenn doch, dann war er definitiv ein Aufreißer.

»Ich komme gern auf einen Besuch zurück. Bis zum nächsten Mal, kleine Prinzessin.«

Greta umklammerte seine Beine und drückte sie fest. »Mach's gut, Ares.«

Charlotte begleitete ihn zur Tür und murmelte: »Schönen Abend noch.«

»Ebenso, Charly.«

Moment, Charly?

Sie blinzelte immer noch über den Spitznamen, als er die Straße zu einem Pick-up überquerte. Sie starrte auf seinen Hintern in den engen Jeans und fragte sich, warum ein Mann wie er sich überhaupt für sie interessierte.

Mit fünfundzwanzig, einem sechsjährigen Kind und ein paar Pfunden zu viel – »*du fettes Miststück, du widerst mich an*« – machte sie sich keine Illusionen darüber, wie Männer sie sahen. Vielleicht war er wirklich nur ein netter Kerl, der Freude verbreiten wollte.

Nicht dass es wichtig wäre. Sie würde ihn höchstwahrscheinlich nie wiedersehen. Trotzdem warf sie seine Karte nicht weg, sondern heftete sie an den Kühlschrank. Immerhin liebte sie Käse.

KAPITEL DREI

Ares stellte fest, dass es ihm egal war, dass sein Lieblingssender statt der üblichen Heavy-Metal-Songs Weihnachtslieder spielte. Er summte sogar mit, als er sich auf den Heimweg machte. Eigentlich hatte er nur den Baum und den Fäustling vorbeibringen wollen, aber er hatte zwei Stunden mit Charlotte und ihrem Kind verbracht. Er hatte sich nie als den häuslichen Typ gesehen, aber es hatte etwas sehr Schönes, mit ihnen zusammen zu sein. Dekoartikel zu basteln, wie er es als Junge getan hatte. Die Freude aufzusaugen, die aus Greta heraussprudelte. Charlotte zu beobachten und sich ihrer nur allzu bewusst zu sein, der Frau, die ihn misstrauisch musterte.

Zu Recht. Er konnte verstehen, warum sie

misstrauisch sein könnte. Sein Verhalten war nicht nur untypisch, sondern konnte auch als unheimlich empfunden werden. Er war fast darüber gestolpert, eine plausible Erklärung dafür zu geben, woher er ihre Adresse kannte. Glücklicherweise hatte sie ein Tombola-Los ausgefüllt, sodass sie ihn nicht ganz bei einer Lüge ertappte, aber es war knapp gewesen, zumal er ihren Vornamen nicht kannte, als er angeklopft hatte. Nur durch Zufall sah er einen Brief auf dem Tisch liegen, der an Charlotte adressiert war.

So viel Mühe, um sie zu treffen, und er bezweifelte, dass sie ihn wieder einladen würde. Das Angebot zum Abendessen war wahrscheinlich gemacht worden, um Greta zu beschwichtigen. Trotzdem ... sie hatte seine Nummer.

Sie wird nicht anrufen.

Sein Wolf schien sich sicher zu sein und hatte wahrscheinlich recht, was ihn irgendwie deprimierte. Er hätte nichts dagegen gehabt, Charly besser kennenzulernen. Charly ... der Spitzname war ihm herausgerutscht, als sei es die natürlichste Sache der Welt.

Als er sein Haus betrat, sangen seine Mutter und seine Schwester aus voller Kehle Boney M. Zu ihrem Entsetzen stimmte er mit seinem tiefen Bariton ein.

Ihnen fiel die Kinnlade herunter.

»Meine Güte, ihr seid ja wie Pythons mit den offenen Mündern«, bemerkte Ares, während er eine Karotte aus dem Topf auf dem Herd nahm und sie sich in den Mund steckte.

»Du bist gut gelaunt«, stellte seine Mutter fest, als sie einige Teller herausholte.

»Warum sollte ich das nicht sein?«

»Weil du den Umgang mit Menschen hasst«, erwiderte Selene.

Das tat er. »Ich habe die meisten Bäume verkauft.«

»Kein Wunder, wenn man bedenkt, wie lange du geblieben bist«, bemerkte Mom, während sie begann, Kartoffeln und Gemüse auf die Teller zu schöpfen.

»Tatsächlich bin ich bei jemandem vorbeigefahren, um einen der Übriggebliebenen zu spenden, und bin geblieben, um beim Aufstellen zu helfen.«

»Oh, wer?«, fragte Selene und griff nach dem Besteck in der Schublade.

»Du kennst sie nicht. Ich habe Charlotte und ihr Kind erst heute kennengelernt. Greta, ihre Tochter, hatte einen Fäustling verloren, und ich habe ihn zurückgebracht. Da sie keinen Baum hatten, habe ich ihnen einen geschenkt.«

»Warte, du bist hingegangen, um ihn

persönlich zurückzugeben?« Selenes Augen wurden groß.

»Nun, ja. Sie wohnen gleich um die Ecke der Kirche.«

»Und du hast zufällig bemerkt, wohin sie gegangen sind, als sie gegangen sind …« Selene schnaubte. »Wie gut sah sie denn aus?«

»Das hatte nichts damit zu tun«, protestierte Ares und kämpfte gegen die Hitze an, die ihm in die Wangen steigen wollte.

Sein Wolf schnaubte. *Sie weiß, dass du lügst.*

»Natürlich nicht«, murmelte Selene.

»Ich finde, das war sehr nett von dir«, sagte Mom, während sie Schweinebraten auf die Teller gab.

»Jedes Kind braucht einen Baum, und ich habe nicht den Eindruck, dass Charlotte Geld übrig hat.«

»Haben sie Dekoration?«, fragte Mom.

»Wir haben welche gebastelt, und Greta hatte eine Prinzessinnenpuppe als Baumschmuck.«

»Ich habe noch ein paar Sachen, wenn du meinst, dass sie noch mehr gebrauchen können«, bot Mom an. »Ich stelle dir einen Karton zusammen, den du vorbeibringen kannst.«

Er hätte seine Mutter fast geküsst, weil sie ihm die perfekte Ausrede für einen Besuch geliefert hatte.

»Das wäre großartig. Ich habe daran gedacht, ihnen ein paar Außenlampen zu besorgen. Vielleicht bringe ich sogar Rudolph hin, da wir ihn nicht mehr rausstellen.« Als Kinder hatten sie es geliebt, ihr Plastik-Rentier mit der roten Nase im Vorgarten leuchten zu sehen. Allerdings schmückten sie nicht mehr viel, was sich vielleicht ändern würde, wenn Athena das Baby bekam.

»Oh ja, das solltest du tun.« Moms Gesichtsausdruck hellte sich auf. »Und ich werde einen Kuchen backen. Zwei Stück, Apfel- und Zuckerkuchen. Und vergiss nicht, ein Glas Honig mitzunehmen.«

Ares kam der Gedanke, dass nicht nur er zurückkehren wollte, sondern dass seine Familie davon ausging, dass er es tun würde. Konnten die anderen sein Interesse spüren?

Selene zog eine Augenbraue hoch. »Da alle spenden, möchte das Kind ein Kaninchen?«

»Sie würde sich sicher darüber freuen, aber ich glaube nicht, dass Charly das Geld hat, um es zu versorgen.«

»Als würde ich ihr eins ohne Futter geben«, schnaubte Selene.

»Weißt du was, bevor ich mit einem lebenden Tier auftauche, lass es mich erst mit Charly besprechen.«

Sie würde wahrscheinlich Nein sagen.

Verdammt, sie würde ihn wahrscheinlich anfunkeln, wenn er wieder mit Geschenken auftauchte. Wie sollte er ihr erklären, dass es sich nicht um Almosen handelte, sondern seine Familie einfach so war?

Das Gespräch beim Abendessen drehte sich um die bevorstehende Reise. Mom und Selene würden in ein paar Tagen aufbrechen. Ihr aufgeregtes Geplapper füllte die Momente der Stille, in denen seine Gedanken zu Charly abschweiften.

Warum konnte er nicht aufhören, an sie zu denken?

Weil sie genau richtig riecht.

Was bedeutete das genau? Und warum das Interesse seines Wolfes? Bei den anderen Frauen, mit denen er ausgegangen war, hatte es ihn nie sonderlich interessiert, mit Ausnahme von Alice. Bei ihr hatte sein Wolf gleich von Anfang an gesagt: *Ärger.* Ares hätte auf ihn hören sollen, denn nach zwei Verabredungen drehte Alice völlig durch, rief ihn ständig an und flippte aus, wenn er nicht antwortete – seine Erklärung, er sei auf der Arbeit, reichte nicht aus. Glücklicherweise hatte sie sich mittlerweile an einen anderen Typen geklammert, dem das Stalking nichts ausmachte.

Ich sagte ja, sie ist böse.

Manchmal fragte er sich, wie es wohl wäre, allein in seinem Kopf zu sein. Es gab eine Zeit, in der er sich für verrückt gehalten hatte, weil er diese andere Stimme hörte – schließlich hatten seine Schwestern nie erwähnt, dass ihre Wölfe sprachen –, aber sein Vater hatte ihm vor seinem Tod erklärt, dass einige eine engere Bindung zu ihrem Tier hatten als andere. Ares zum Beispiel, wie sein Vater, brauchte keinen Vollmond, um sich zu verwandeln. Es kostete ihn kaum Mühe, in sein Fell zu wechseln, im Gegensatz zu Athena, die sich abmühte, und Selene, die richtig sauer sein musste, um es ohne Mondlicht zu schaffen.

Dass er ein Lykanthrop war, machte ihn zu etwas Besonderem, aber es brachte auch Probleme mit sich, zum Beispiel Menschen sein Geheimnis anzuvertrauen. Mom wusste es natürlich. Genauso wie Derek und Dereks Großeltern. Es war schwer zu vermeiden, dass sie es erfuhren, angesichts der ganzen Entführungssache mit dem verrückten Arzt, bei der Ares in seinen Pelz wechseln musste, um seine Schwestern und seine Mutter zu retten. Allerdings würden nicht alle so akzeptierend sein, wie sie es gewesen waren. Ares musste sehr vorsichtig sein, nicht nur um sich selbst, sondern auch um seine Familie zu schützen, was behutsames Vorgehen bei Verabredungen bedeutete. Sein Vater hatte ihm erzählt, dass Tante Jane – die Schwester seines Vaters – ihren Mann umbringen musste, als er es herausfand, weil er sie für ein Monster hielt und eine Waffe auf sie richtete. Ares hoffte, nie in eine solche Lage zu kommen.

Das führte dazu, dass Ares erkannte, dass er sich trotz seiner Anziehung zu Charlotte wahrscheinlich von ihr fernhalten sollte. Sie war eine nette Frau und hatte ein tolles Kind. Sie hatte etwas Besseres verdient als einen Mann mit einem pelzigen Geheimnis.

Ein Gedanke, der zu einer unruhigen Nacht führte.

Der nächste Tag war ein Sonntag, und da Ares keinen Markt hatte, auf dem er Käse oder Bäume verkaufen konnte, machte er sich an die Arbeit. Er reparierte ein loses Geländer an der Treppe. Staubsaugte. Er wechselte den Filter des Ofens.

Nach dem Mittagessen sah Selene ihn schließlich an und sagte: »Kumpel, würdest du endlich zu ihr fahren?«

»Zu wem?«

»Stell dich nicht dumm. Es ist offensichtlich, dass du sie unbedingt sehen willst.«

»Tue ich nicht.«

»Sagt der Typ, der keine zwei Sekunden still sitzen kann.«

Er runzelte die Stirn. Gestern Abend hatte er beschlossen, dass es das Beste war, ihr fernzubleiben, aber würde es wirklich schaden, ein paar zusätzliche Dekoartikel vorbeizubringen?

Greta würde sich wahrscheinlich über den Plastik-Rudolph freuen, der derzeit im Lager verstaubte.

»Ist es nicht zu früh für mich, einfach wieder aufzutauchen?« Er hatte sich noch nie auf so unsicherem Boden bewegt.

»Nicht, wenn du sie magst.«

Er platzte mit seinem Dilemma heraus. »Deshalb glaube ich nicht, dass es eine gute Idee ist, sie zu treffen.«

»Wie meinst du das?«

»Muss ich es wirklich aussprechen?« Er zog eine Augenbraue hoch.

»Oh, um Himmels willen, ich sage nicht, dass du zugeben sollst, dass du gern an Bäume pinkelst, aber ihr könnt Freunde sein, weißt du.«

»Freunde?« Aus Freunden konnten schließlich Liebhaber werden. Oder auch nicht. Vielleicht würde das seltsame Gefühl abklingen, das seinen Körper durchströmte, wenn sie Zeit miteinander verbrachten.

Unwahrscheinlich.

»Und mit Freunden meine ich nicht, sie zu vögeln«, sagte Selene, als hätte sie seine Gedanken gelesen. »Sie hat ein Kind, das heißt, du musst besonders vorsichtig sein. Halte sie und das Kind nicht hin. Wenn du diese Frau willst, dann solltest du dir zu einhundert Prozent sicher sein, dass du bereit bist.«

War er bereit?

Nein.

Vielleicht.

Woher sollte er das wissen?

»Vielleicht sollte ich es einfach vergessen«, murmelte er.

»Wovor hast du Angst? Dich zu verlieben? Das ist Athena passiert, und sie war nie glücklicher. Hast du Angst vor dem Glück?«

»Du hast gerade gesagt, ich soll es langsam angehen und vorsichtig sein.«

»Ich sagte, du sollst dir sicher sein, bevor du das Herz dieser Frau und ihres Kindes brichst. Also, ja, geh es langsam an. Sei vorsichtig. Nicht nur bei ihnen, sondern auch bei dir selbst. Ich will nicht sehen, wie du schaukelnd in einer Ecke weinst. Dann müsste ich Fotos machen und dich später verspotten.«

»Du meinst wirklich, ich sollte hinfahren.«

»Oder ruf sie wenigstens an oder schick ihr eine SMS.«

»Ich habe ihre Nummer nicht.«

»Wenn das so ist, dann besuche sie, aber nicht mit leeren Händen. Hab eine Ausrede parat.«

Diesen Rat befolgte er, und so landete er vor Charlottes Haustür, eine große Einkaufstüte in der einen Hand, während er mit der anderen zwei Kuchen balancierte.

Charlottes Gesichtsausdruck durchlief mehrere Stadien: Beklemmung, Überraschung, Misstrauen und schließlich ein reumütiges Schütteln.

»Sie sind wieder da.«

»Ja. Ich habe meiner Mutter und meiner Schwester von Ihnen, Greta und dem Baum erzählt, und wir hatten noch ein paar Dinge herumliegen, die wir nicht benutzen und von denen wir dachten, dass sie Greta gefallen könnten. Lametta und ein paar andere Dekoartikel.«

»Lag der Kuchen auch herum?«

»Mom backt gern. Sie hat mir auch ein Glas ihres Honigs mitgegeben. Und ich habe Käse mitgebracht«, sagte er, bevor er verstummte.

»Warum?«

Weil sie die Eine ist.

Eine pelzige Behauptung, die ihn so sehr erschreckte, dass sein Dummkopf herausplatzte: »Weil ich Sie mag.«

KAPITEL VIER

Charlotte blinzelte, als sie seine Worte verarbeitete, und schnaubte dann. »Sind Sie high?«

»Äh, was?«

»Wir haben uns gestern getroffen und etwa zwei Stunden miteinander verbracht. Die meiste Zeit davon haben Sie damit verbracht, Dekoartikel zu basteln. Und dann tauchen Sie heute auf, beladen mit Sachen, und sagen, Sie mögen mich?« Ihre Augen wurden schmal. »Was wollen Sie wirklich?«

»Eine Chance, Sie kennenzulernen.«

Sie schüttelte den Kopf. »Ich bin im Moment nicht auf der Suche nach einer Beziehung.«

»Was ich respektiere. Ich war nur ehrlich. Ich bin selbst ein wenig überrascht.«

Sie kniff die Augen zusammen.

»Das kam nicht richtig rüber. Ich war auch nicht auf der Suche nach einer Beziehung. Dann sind Sie und Greta aufgetaucht und, na ja ... Was soll ich sagen? Sie haben etwas an sich, das ich scheinbar nicht ignorieren kann.«

»Muss an meiner strahlenden Persönlichkeit liegen«, antwortete sie trocken. Gleichzeitig trafen seine Worte einen Nerv. Sie fühlte sich wohl und attraktiv. Das war schon lange nicht mehr der Fall gewesen.

Seine Lippen zuckten. »Ich habe nichts gegen eine starke, selbstbewusste Frau. Immerhin bin ich der einzige Junge in der Familie. Ich bin es gewohnt, herumkommandiert zu werden.«

»Ich bezweifle sehr, dass jemand Sie zu etwas zwingen kann, was Sie nicht wollen.«

»Sie würden sich wundern. Selene hat letzte Woche die zweite Portion von Moms Shepherd's Pie gewonnen. Sie hat einen höllisch festen Griff.«

Charlotte blinzelte. »Ihre Schwester hat Sie angegriffen?«

»Sie hat eher ihren Anspruch auf das Abendessen geltend gemacht.«

»Klingt nach Missbrauch.«

Er schnaubte. »Wohl kaum. Missbrauch hat

mit Tränen, blauen Flecken und Angst zu tun. Wenn wir miteinander kämpfen, endet es immer mit Gelächter.«

»Ich weiß es nicht. Ich bin ein Einzelkind.«

»Apropos meine Schwester, sie hat mir geraten, es mit Ihnen langsam anzugehen. Wir sollten uns nicht gleich verabreden, sondern erst einmal sehen, wie wir als Freunde miteinander auskommen.«

»Sie haben mit Ihrer Schwester über mich gesprochen.« Konnte er nicht mal auf die Bremse treten? Sie hatte den Kerl gerade erst kennengelernt, und er diskutierte schon über eine nicht existierende Beziehung. Sie wusste nicht, ob sie sich geschmeichelt fühlen oder eine einstweilige Verfügung erwirken sollte.

»Ich habe Sie und Greta auch meiner Mutter gegenüber erwähnt.« Er hielt die Kuchen hoch. »Deshalb hat sie die hier extra für Sie gebacken.« Er hob den anderen Arm. »Und sie hat ein paar zusätzliche Weihnachtssachen für Greta zusammengepackt.«

»Was hat Ihre Schwester geschickt?«, fragte sie mit einer hochgezogenen Augenbraue.

»Nichts. Noch nicht. Sie hat gefragt, ob Greta ein Kaninchen haben darf. Sie züchtet sie auf der Farm.«

Charlotte zog die Tür zu und zischte: »Wagen

Sie es nicht, das Greta gegenüber zu erwähnen. Ich habe nicht das Geld, um mich um ein Haustier zu kümmern.«

»Selene hat gesagt, dass Sie sich darüber keine Sorgen machen müssen, weil sie alles besorgen würde, was es braucht.«

»Nein. Einfach nein.« Sie schüttelte den Kopf.

»Nein wozu?«

»Zu Ihnen. Hierzu. Zu allem. Irgendetwas ist seltsam an Ihnen, Ares McMurray. Sie sehen zu gut aus, um sich so sehr um meine Gunst zu bemühen.«

»Sie halten mich für attraktiv?« Er grinste und wurde noch attraktiver.

»Kommen Sie mir nicht damit. Sie wissen, dass Sie heiß sind, und kein heißer Typ ist so nett zu jemandem, der kaum höflich zu ihm war.«

»Ich verstehe, warum Sie so distanziert sind. Sie arbeiten offensichtlich hart, weil Sie alleinerziehende Mutter sind und so. Ich bin ein Mann, und ich weiß ganz genau, dass einige von uns Abschaum sein können. Und Sie haben Greta, auf die Sie aufpassen müssen. Sie können nicht jeden in die Nähe dieser süßen Prinzessin lassen.«

Sie starrte ihn an. »Flüstert Ihnen jemand ins Ohr, was Sie alles sagen sollen?«

»Nein, obwohl ich meine Mutter oft in

meinem Kopf plappern höre, dass ich ein Gentleman sein und andere nett behandeln soll und so weiter.«

»Ich habe Ihnen schon mal gesagt, dass ich keine Almosen brauche.«

»Das sind keine Almosen.«

»Was ist es dann?« Sie verschränkte die Arme.

»Ich trete ins Fettnäpfchen?« Er schenkte ihr ein schiefes Grinsen.

»Ares!« Greta riss die Tür auf und quietschte bei seinem Anblick. »Du bist zurückgekommen.«

»Das bin ich, und ich habe Kuchen mitgebracht.«

»Oooh. Was für einen?«, fragte Greta und stellte sich auf die Zehenspitzen.

»Apfel und Zucker.«

»Die liebe ich!« Der Knirps streckte die Finger aus, als wollte sie danach greifen.

»Erst nach dem Essen!«, rief Charlotte aus.

»Ohhh.« Greta schmollte, und Charlotte konnte sehen, wie Ares Probleme bekam, als er mit der Niedlichkeit überschüttet wurde. Bevor er nachgeben und dem Kind die Kuchen geben konnte, murmelte sie: »Bringen Sie sie rein.«

»Eigentlich ist das nur die erste Ladung.« Er reichte Charlotte die Kuchen und Greta die Tüte. »Ich habe noch mehr Zeug im Wagen.«

Bevor Charlotte widersprechen konnte, kam er mit einem weiteren Karton zurück. Darin befanden sich ein mit Plastik überzogener Behälter und eine Packung Spaghetti sowie ein Parmesanstreuer. »Ich habe etwas von der Soße meiner Mutter mitgebracht. Ich dachte, es sei ein leckeres Abendessen.«

»Ooh, 'paghettis!«, trällerte Greta.

»Ich habe auch etwas ganz Besonderes mitgebracht. Etwas, das mein Vater jedes Jahr in unseren Vorgarten gestellt hat. Aber jetzt, da wir superalt sind, dachte ich, eine gewisse Prinzessin könnte es gebrauchen. Was hältst du davon, eines von Santas Rentieren in deinem Vorgarten zu haben?«

»Ist es Rudolph?«, fragte Greta mit weit aufgerissenen Augen.

»Wie hast du das erraten?«, rief er aus.

»Ihn mag ich am liebsten.«

»Ich auch!«

Und so kam es, dass in Charlottes kleinem Vorgarten plötzlich ein hässliches Rentier aus Plastik stand und Lichterketten um die Haustür und die Fenster gewickelt waren.

Charlotte wollte wütend sein. Stattdessen schmolz sie dahin wie ein Marshmallow im heißen Kakao. Wie könnte sie auch nicht? Ares bat Greta um Hilfe, ließ sie auf die Leiter klettern, die er mitgebracht hatte, blieb aber in der Nähe, um sie aufzufangen, falls sie stürzte. Er sah so verdammt zufrieden aus, als sie das Kabel einsteckten und Rudolphs Nase sich pink färbte, da das verblasste rote Plastik nicht mehr hell leuchtete.

Greta saugte die Aufmerksamkeit in sich auf, und das versetzte Charlotte einen Stich. Wenn doch nur Gretas richtiger Vater so nett gewesen wäre. Aber nach ihrer Geburt war alles anders geworden.

Als sie mit rosigen Wangen hereinkamen, murmelte Charlotte: »Wie alt ist das Ding?«

»Mein Vater hat es gekauft, als Athena geboren wurde, und sie ist jetzt neunundzwanzig.«

»Es ist praktisch ein Familienerbstück«, bemerkte sie.

»Ja, aber meine Schwester, meine Mutter und ich waren uns einig, dass es an der Zeit war, es nicht mehr verstauben zu lassen, sondern einem anderen Kind eine Freude zu machen.«

Sie schüttelte den Kopf. »Sie sind unglaublich, Ares.«

Er war auch anders als alle Männer, die sie je getroffen hatte. Er sang zusammen mit Greta Cartoon-Weihnachtslieder, während sie den Baum weiter schmückten, einschließlich einer Lichterkette, die er mitgebracht hatte. Das war ein

Glücksfall, denn sie hatte vergessen, welche zu besorgen.

»Brauchen Sie das Zeug nicht zu Hause?«, hatte sie irgendwann gefragt.

»Wir haben noch viel mehr. Meine Mutter hat immer übertrieben.«

»Hat?«

»Sie sagt, jetzt, da wir alle erwachsen sind, ist es nicht mehr dasselbe. Aber das wird sich nächstes Jahr wahrscheinlich ändern, weil meine große Schwester vielleicht schwanger ist.«

»Sie werden ein guter Onkel sein«, sagte Charlotte.

»Wir können wohl mittlerweile Du sagen, oder? Aber ja, das werde ich.« Er grinste. »Ich habe vor, der Spaßvogel zu sein. Ich muss sicherstellen, dass meine Nichte oder mein Neffe mich mehr liebt als Selene.«

»Du willst mit deiner Schwester konkurrieren?«

»Natürlich. Das ist so ein Geschwister-Ding.« Er lachte.

Charlotte schüttelte den Kopf. »Wenn du es sagst. Ich kann es nicht wissen. Wie ich schon sagte, ich bin Einzelkind. Aus freien Stücken. Meine Eltern waren nicht gerade begeistert von der ganzen Kindererziehungssache.«

»Tut mir leid, das zu hören.«

»Mhm.« Sie zuckte mit den Schultern. »So waren sie nun mal.«

»Sind sie wenigstens bessere Großeltern?«

»Nein, denn sie sind gestorben, kurz nachdem ich mit Greta schwanger wurde. Ein unglücklicher Tierangriff, als sie auf einer Naturwanderung waren.«

»Scheiße.« Ihm fiel die Kinnlade herunter. »Tut mir leid, ich wollte nicht vor Greta fluchen.« Greta hatte es nicht bemerkt, denn sie malte einen Weihnachtsmann aus dem Buch aus, das Charlotte auf der Arbeit gekauft hatte.

»Sie weiß, dass sie schlimme Wörter nicht wiederholen soll.« Charlotte rettete ihn vor seinem Kummer. Nicht viele Männer hätten sich entschuldigt.

»Ich werde versuchen, meine Zunge zu hüten. Apropos Zunge, meine wird hungrig. Ich kümmere mich um das Abendessen.«

»Ich kann das machen«, sagte Charlotte schnell.

»Nein. Ich bin reingeplatzt. Ich werde kochen. Und abwaschen!«, fügte er hinzu.

Er meinte, was er sagte. Er setzte zwei Töpfe auf, einen für die Soße, den anderen für die Nudeln. Charlotte deckte den Tisch und toastete einige Brotscheiben, die sie mit Butter bestrich und mit Knoblauch bestreute. Es war kein Baguette, aber es würde die Soße gut aufsaugen. Er hatte genug mitgebracht, um mindestens ein weiteres Abendessen und vielleicht sogar ein Mittagessen zuzubereiten.

Das Essen erwies sich als verunsichernd, da er ihr und Greta gleichermaßen Aufmerksamkeit schenkte. Er lobte ihre Kunstwerke und erkundigte sich nach ihrer Kindergartengruppe. Er fragte auch, wo Charlotte arbeitete, was dazu führte, dass sie vor Beschämung rote Wangen bekam, als sie ihm sagte: »Ich bin Verkäuferin bei Giant Tiger.«

»Ich liebe diesen Laden«, rief er aus. »Die besten Angebote in der Gegend.« Er machte keine Bemerkung darüber, dass sie einen minderwertigen Job hatte.

»Bevor wir umgezogen sind, habe ich als Empfangsdame in einer Zahnarztpraxis gearbeitet. Ich habe mich bei ein paar Stellen beworben. Das Problem ist, dass niemand meine Referenzen überprüfen kann, da die Praxis abgebrannt ist und ich nicht weiß, wo Dr. Jones jetzt arbeitet.«

Ares wirkte nachdenklich. »Das ist bedauerlich.«

»Es hilft auch nicht, dass ich keinen Wagen habe, um zu den meisten Zahnarztpraxen zu kommen, und mit meinem jetzigen Gehalt kann ich mir keinen leisten.«

»Vielleicht kann ich dir dabei helfen. Meine

Mutter und meine Schwester machen eine zweiwöchige Kreuzfahrt. Du kannst dir gern Moms Wagen leihen, während sie weg ist.«

»Ich habe nicht nach Almosen gesucht«, erwiderte sie schnell.

»Das ist ein Gefallen unter Freunden.«

»Ich wusste nicht, dass wir Freunde sind.«

»Wir haben 'paghettis zusammen gegessen«, erklärte er feierlich. »Wir sind offiziell Freunde. Und Freunde können sich gegenseitig Dinge leihen.«

»Du hast gesagt, es ist der Wagen deiner Mutter«, merkte sie an.

»Das ist es auch, aber ich garantiere, dass sie kein Problem damit hat. Er ist versichert und steht die meiste Zeit nur herum, auch wenn sie zu Hause ist. Wahrscheinlich kannst du ihn dir ausleihen, bis du einen neuen Job hast und dir ein eigenes Fahrzeug leisten kannst.«

»Es würde ihr wirklich nichts ausmachen?« Diese Art von Großzügigkeit verblüffte sie.

»Wenn Mom hier wäre, hätte sie dir den Schlüssel schon längst übergeben.«

»Ich ...« Charlotte senkte den Kopf und sah auf ihre Finger, die sie auf dem Tisch anspannte. »Ich weiß nicht, was ich sagen soll.«

»Die meisten Leute entscheiden sich für ›Danke‹, aber ich habe auch kein Problem mit

›Ares, du bist so wundervoll‹ oder ›Warum schneide ich dir nicht ein Stück Zuckerkuchen ab, um deiner Süße gerecht zu werden‹.«

Sie blinzelte ihn an, und ehe sie sichs versah, brach sie in Gelächter aus. »Du bist unmöglich. Ich danke dir. Für alles.«

»Habe ich Kuchen gehört?« Greta kam aus dem Wohnzimmer geflogen und ließ die Weihnachtscartoons zurück, die sie gerade ansah.

Der Kuchen war mehr als köstlich. Der Tag hatte ihr so viel Spaß gemacht wie schon lange nicht mehr. Charlotte hatte nicht bemerkt, wie angespannt und gestresst sie war, bis sie sich entspannte.

Nachdem Ares ihr geholfen hatte, Greta ins Bett zu bringen – wobei er ihr zuerst eine Geschichte über einen Schneemann vorlas –, machte er sich nicht an sie ran, sondern sagte: »Ich sollte jetzt gehen. Ich komme morgen mit dem Wagen zurück, wenn ich mit der Arbeit fertig bin, also mach deinen Lebenslauf fertig.«

»Bleibst du wieder zum Abendessen? Ich wollte selbst gemachte Käse-Makkaroni mit Schinken machen.«

Er verzog den Mund zu einem breiten Grinsen. »Eines meiner Lieblingsgerichte. Wir sehen uns morgen, Charly.«

Er ging, ohne zu versuchen, sie zu küssen.

Er ging, blickte aber noch zweimal zurück, bevor er in seinen Wagen stieg, der in der Einfahrt vor dem Haus parkte.

Er ging, aber sie lächelte weiter.

Vielleicht würde der nette Kerl sich dieses Mal nicht in ein Monster verwandeln.

KAPITEL FÜNF

ICH WILL NICHT ARBEITEN.

Ares' Wolf schmollte. Es fiel ihm schwer, um sieben Uhr morgens in die Werkstatt zu gehen, denn er hatte die Nacht damit verbracht, an Charly zu denken. Er hatte sich gestern amüsiert. Die Zeit mit ihr und Greta war großartig gewesen. Jetzt, da Charly ihn nicht mehr als Bedrohung ansah, hatte sie sich ihm geöffnet. Sie hatte einen scharfen Sinn für Humor, ein heiseres Lachen und eine sexy Ausstrahlung, die ihn die ganze Zeit, in der sie zusammen waren, halbsteif machte. Zum Glück gab es weite Jeans und lange Hemden.

Sie hatte nicht viel von ihrer Vergangenheit erzählt, nur kurz erwähnt, dass sie nach ihrem Umzug von der Westküste seit ungefähr sechs

Monaten hier lebten. Als er sie nach dem Grund für den Umzug fragen wollte, war ein Schatten über ihr Gesicht gezogen, und sie hatte gemurmelt: »Die Lebenshaltungskosten wurden zu hoch.«

Was oberflächlich betrachtet Sinn machte, bis man erkannte, dass Ontario die zweithöchsten Lebenshaltungskosten in Kanada hatte. Ein Blick in ihr Haus zeigte, dass die Möbel zu abgenutzt waren, als dass ein Umzug mit ihnen sich gelohnt hätte, und so konnte er nur vermuten, dass sie kurzerhand weggegangen war. Sie war vor einer Situation geflohen, durch die sie das Gefühl hatte, ein Messer bei sich haben zu müssen. Zumindest hatte sie bei ihrer ersten Begegnung eines getragen. Ihm fiel auf, dass sie es kurz nach seiner Ankunft am Vortag abgenommen hatte. Ein Zeichen von Vertrauen? Er konnte es nur hoffen.

Wovor könnte sie geflohen sein? Es gab keine Anzeichen dafür, dass sie in letzter Zeit einen Ring am Finger getragen hatte, und sie hatte mit Nachdruck erklärt, dass sie sich nicht verabreden wollte. Hatte sie versucht, vor Gretas Vater zu fliehen? Er hatte nicht danach gefragt, und sie hatte auch nichts über den Samenspender verraten. Wenn man bedachte, wie weit sie weggezogen war, schien der Vater nicht im Spiel zu sein. Oder hatte sie ihn absichtlich zurückgelassen?

Sein Chef ließ ihn früher Feierabend machen,

und er machte sich mit Selene auf den Weg zu ihrem Haus, die sich bereit erklärt hatte, Moms Wagen vorbeizubringen. Sie wollte wohl eher einen Blick auf Charly und Greta werfen.

Er parkte auf der Straße, während Selene Moms Wagen in die Einfahrt stellte. Selene rümpfte nicht die Nase über die schäbige Nachbarschaft, sondern sagte: »Das Haus deiner Freundin ist das schönste in der Gegend.« Er musste nicht fragen, woher sie das wusste, wenn Rudolph vor der Tür stand.

»Sei nett«, mahnte er.

»Ich bin immer nett«, stichelte Selene.

»Wehe, du hast wieder meine Babyfotos auf deinem Handy.«

»Wer, ich?« Sie klimperte mit den Wimpern und lachte, als Charly die Tür öffnete.

Bevor Charlotte sich über die schöne Fremde, die er mitgebracht hatte, wundern konnte, stellte er sie kurz vor. »Charly, das ist meine Schwester Selene. Selene, Charly.«

»Freut mich, dich kennenzulernen.« Selene streckte eine Hand aus, und Charly schüttelte sie mit einem verwirrten Blick.

»Ares!« Nach dem Schrei drängte Greta sich an ihrer Mutter vorbei und warf sich auf Ares.

Er hob sie hoch und warf sie in die Luft, woraufhin sie freudig quiekte. Dann setzte er sie auf seine Hüfte, während er strahlte.

»Schwesterchen, darf ich vorstellen: Ihre Hoheit, Prinzessin Greta.«

»Hi. Schön, ein Mitglied einer Königsfamilie kennenzulernen.« Selene winkte.

»Ich bin in Wirklichkeit keine Prinzessin, Dummerchen«, kicherte Greta. Sie legte den Kopf schief, bevor sie sagte: »Du bist die Kaninchenfrau.«

»Das bin ich. Ich schätze, Ares hat dir davon erzählt.«

Das hatte er eigentlich nicht, aber sie könnte eines seiner Gespräche mit Charly gehört haben. »Vielleicht erlaubt dir deine Mutter, sie einmal zu besuchen. Wir haben auch Hühner und Ziegen.«

»Was, keine Kühe für deinen Käse?«, erkundigte Charlotte sich.

»Nein. Ziegenkäse schmeckt besser und der Milchzucker ist leichter zu verdauen.«

»Ich mag Käse«, gab Greta zu.

»Ich auch, Prinzessin. Ich auch.«

»Kommt rein.« Charly trat einen Schritt zur Seite. »Möchtet ihr einen Kaffee?«

»Ich kann nicht bleiben«, sagte Selene. »Ich muss einen neuen Koffer kaufen, weil meiner den Geist aufgegeben hat. Der blöde Reißverschluss ist kaputt.«

»Vielleicht solltest du weniger Klamotten einpacken …«, neckte Ares.

»Da will jemand den Krieg erklären«, knurrte Selene, woraufhin Greta kicherte und flüsterte: »Sie ist witzig.«

»Freut mich, dass mich jemand zu schätzen weiß.« Selene zupfte an ihrem Haar.

Greta schmiegte ihren Kopf an Ares. »Ich helfe Mama beim Essenmachen.«

»Das wird bestimmt köstlich.« Über Gretas Kopf hinweg wandte er sich an Charly. »Ich muss Miss Ich-Packe-Zu-Viel zum Laden chauffieren und sie dann zu Hause absetzen, aber ich verspreche, spätestens um achtzehn Uhr hier zu sein.«

»Deine Schwester ist herzlich eingeladen, sich uns anzuschließen.«

Bevor Ares in ihrem Namen ablehnen konnte, zwitscherte Selene: »Es wäre mir eine Freude. Brauchst du etwas, während wir unterwegs sind?«

»Wir sollten alles haben.«

»Dann sind wir gleich wieder da«, murmelte er zu Greta, als er sie von seiner Brust löste.

Sie schob die Unterlippe vor.

Charly drückte Greta an sich und murmelte: »Ich schätze, wir sollten besser ein tolles Abendessen zubereiten, während wir warten.«

»Okay.« Der Schmollmund zerriss ihm das Herz.

Der Welpe ist traurig.

Ares wusste es besser, als gegen Charlys Erziehung zu widersprechen, aber verdammt, es war nicht leicht. Er wollte, dass die kleine Prinzessin lächelte.

Selene verspottete ihn, als sie gingen. »Du steckst so in Schwierigkeiten.«

»Inwiefern?«, fragte er, als er auf ein Geschäft zusteuerte, das Gepäckstücke verkaufte.

»Das kleine Mädchen betet dich an.«

»Kannst du ihr das verdenken? Ich bin fantastisch.«

»Die Mutter hat auch Augen für dich.«

»Hat sie das wirklich?« Der Wagen schlingerte, als er sich umdrehte und seine Schwester ansah.

»Ja, wirklich.«

»Sie hat mir gesagt, dass sie sich nicht verabreden will.«

»Ich habe das Gefühl, sie könnte ihre Meinung ändern. Die Schwingungen zwischen euch beiden sind nicht zu übersehen. Denk einfach daran, was ich gesagt habe, und geh es langsam an.«

Es könnte ihn umbringen, denn er wollte nichts mehr, als Charly zu küssen – unter anderem.

Schnuppere an ihrem Schritt.

Ja, das musste vielleicht noch länger warten.

Du solltest auf ihren Rasen pinkeln, um andere zu warnen.

Wiederum nichts, was er in der Öffentlichkeit

tun sollte. Die Nachbarn würden ihm die Polizei auf den Hals hetzen.

Das Einkaufen dauerte nicht lange. Selene ging in den Laden und suchte sich den mädchenhaftesten, geblümtesten Koffer aus, den es gab. Dann bestand sie darauf, ein Geschenk für die Einladung zum Abendessen zu besorgen, eine Flasche Weißwein.

Als sie zurückkamen und Selene sie überreichte, hob Charly die Augenbrauen. »Das war doch nicht nötig.«

»Nein, aber ich bestehe darauf, dass wir ihn trinken.«

»Ich habe keine Weingläser.« Charly öffnete einen Schrank und zeigte nicht zusammenpassende Tassen.

»Im College habe ich meinen immer aus einem Reisebecher getrunken. So habe ich ihn nicht verschüttet.«

Charlys Mundwinkel zuckten. »Kein Reisebecher, aber ich habe Schnabeltassen aus Plastik.«

»Schnabeltasse bitte«, rief Selene aus. Sie warf einen Blick auf Greta. »Wir können Saftfreunde sein.«

Seine Schwester meinte es tatsächlich ernst. Sie stieß ihren mit Wein gefüllten rosa Becher mit dem auslaufsicheren Deckel gegen Gretas Becher mit

Apfelsaft. Ares enthielt sich, da er fahren würde, aber Charly trank ein Glas zum Abendessen, das sich als die besten Käse-Makkaroni mit Schinkenstückchen herausstellte, die er je gegessen hatte. Er ließ es sie wissen.

»Das sagst du nur so«, schnaubte Charly, als er ihr beim Abräumen des Geschirrs half. Sie schickten Selene zu Greta, damit sie mit ihr Weihnachtscartoons schaute.

»Du sollst wissen, dass ich mein Essen ernst nehme.«

»Es sind doch nur Nudeln und Käse.«

»Nicht irgendein Käse, sondern eine Mischung aus drei Sorten, die ihm seine cremige Konsistenz verleiht. Ein Hauch von Knoblauch, ein Hauch von Chipotle, und dann die salzigen Schinkenstücke.« Er küsste seine Fingerspitzen. »Perfekt.«

»Mama, ich bin im Fernsehen.« Gretas aufgeregter Schrei ließ Charly panisch ins Wohnzimmer laufen, um nachzusehen.

Sie erstarrte augenblicklich, als das Video auf dem Bildschirm den Markt vom vergangenen Wochenende zeigte. Die flanierenden Menschen. Die Stände. Und da war er mit seinen Bäumen. Und Greta grinste von einem Ohr zum anderen, als ein Schneemann ihr eine Zuckerstange reichte.

»Was ist das?«, flüsterte Charly.

»Ein YouTube-Video vom Wochenende. Ich habe es von meinem Handy auf den Fernseher übertragen.« Selene grinste Greta an. »Du bist ein Filmstar.«

»Kann das jeder sehen?« Charly klang schwach.

»Ja, aber bei dreihundert Views wird es nicht viral gehen. Jedenfalls noch nicht, aber man weiß ja nie. Vielleicht wird die Prinzessin ja berühmt.« Selene stupste Greta an, die kicherte, aber Charly wurde ganz weiß.

Ares dachte nicht nach, er handelte, packte sie an den Händen und führte sie nach draußen, wo sie sich vornüberbeugte und atmete.

»Was ist los?«, fragte er.

»Nichts.« Die schwächste aller Antworten.

»Komm mir nicht damit, Charly. Du bist ausgeflippt, als du Greta auf dem Bildschirm gesehen hast.«

»Ich bin sicher, das wird schon wieder.«

Man musste kein Genie sein, um die Teile dieses Puzzles zusammenzufügen. »Du hast Angst, dass jemand sie sehen könnte.«

Sie blickte ihn von der Seite an, immer noch vorgebeugt, wobei ihr Haar teilweise ihr Gesicht verdeckte. »Ich überreagiere.«

»Ich habe also recht. Du bist besorgt.«

Sie richtete sich auf. »Ja, aber wie deine

Schwester schon sagte, ich bezweifle, dass es viral geht. Ich meine, wer interessiert sich schon für einen kleinstädtischen Weihnachtsmarkt?«

»Willst du mir nicht sagen, wovor du Angst hast?«

Eine Sekunde lang glaubte er nicht, dass sie antworten würde. Dann flüsterte sie: »Er darf uns nicht finden.«

»Wer?«

»Gretas Vater.« Sie wandte sich von ihm ab. »Ich weiß, das klingt schrecklich, aber glaube mir, wenn ich sage, dass es besser ist, wenn sie weit weg von ihm ist.«

»Hat er ihr wehgetan? Dir?«

Sie schüttelte den Kopf. »Ich möchte lieber nicht darüber reden. Belassen wir es dabei, dass er kein netter Mann ist. Und um dir ein Beispiel zu geben, als Greta noch ein Baby war, ist er abgehauen und hat behauptet, sie sei nicht sein Kind.«

»Sie war es, nehme ich an?«

»Ja, und der Vaterschaftstest hat es bewiesen«, schnaubte sie. »Aber sie war nicht die richtige Art von Kind, wie er meinte. Er nannte sie defekt.«

»Defekt? Ist er blind?«

»Das hat er nie erklärt. Ich nahm an, es lag daran, dass sie ein Mädchen ist, oder es war irgendein anderer dummer Grund.«

»So ein verdammter Idiot. Sie ist nicht nur perfekt, Greta hat auch eine tolle Persönlichkeit.«

»Sie ist fantastisch, deshalb musste ich gehen. Mehr als fünf Jahre nachdem er uns verlassen hatte, tauchte er plötzlich wieder in unserem Leben auf und verlangte, dass wir mit ihm zusammenleben. Als ich ihm sagte, er solle verschwinden, drohte er damit, mir Greta wegzunehmen.«

»Ich denke, ein Richter könnte damit nicht einverstanden sein.«

»Oh, er würde nicht auf einen Richter warten. Barry würde sie buchstäblich packen. Von der Straße, aus der Schule, aus ihrem Bett. Es wäre ihm egal.«

»Du bist gegangen, um Greta zu schützen.«

»Ich hatte keine andere Wahl.«

»Es ist unwahrscheinlich, dass er das Video sieht und herausfindet, dass du hier bist.«

»Du kennst ihn nicht. Er ist einfallsreich.« Sie umarmte sich selbst. »Argh. Ich hasse es, so zu leben.«

»Würde es dir helfen zu wissen, dass ich dir den Rücken freihalte, wenn er auftaucht?«

Wir werden jeden fressen, der versucht, ihr zu schaden, stimmte sein Wolf zu.

»Nein, denn ich will nicht, dass du verletzt wirst.«

»Liebe Charly, ich bin härter, als ich aussehe.«

Ich bin es. Deine Haut ist zu weich.

»Du bist zu verdammt süß«, brummte sie.

»Nein, das wäre der Kuchen.«

»Es war guter Kuchen«, gab sie zu. »Es ist nicht mehr viel übrig. Ich habe sowohl zum Frühstück als auch zum Mittagessen ein Stück gegessen.«

Er lachte. »Ich schwöre, es ist, als würdest du versuchen, mich in dich verliebt zu machen.«

Die Worte kamen aus seinem Mund, und er erstarrte.

Sie erstarrte.

Sie starrten einander an.

»Äh ...« Er hatte keine Erwiderung parat.

Aber sie hatte eine. Sie beugte sich vor, strich mit ihren Lippen über seine Wange und murmelte: »Ich bin fast versucht, dich zu lassen.«

Dann ging sie wieder hinein.

Und er grinste, weil sie ihm nicht gesagt hatte, er solle sich verpissen.

KAPITEL SECHS

Am nächsten Nachmittag, nachdem sie wegen Gretas Weihnachtskonzert früher Feierabend gemacht hatte, gab Charly mit ihrem neuen geliehenen Wagen einen Lebenslauf bei einer neuen Zahnarztpraxis ab und bekam sofort ein Vorstellungsgespräch. Als sie Ares vor Charlys Schule traf, explodierte sie fast, als sie ihn sah.

»Ich habe ihn bekommen«, rief sie aus.

»Was bekommen?«

»Einen neuen Job.« Sie verzog die Lippen zu einem Lächeln. »Ich fange nach Neujahr an.«

»Das ist fantastisch!« Er hob sie hoch und wirbelte sie herum.

Sie lachte. »Ich danke dir so sehr. Deine Hilfe mit dem Wagen ...« Sie schüttelte den Kopf. »Ich weiß nicht, wie ich mich bei dir revanchieren kann.«

»Das hast du bereits, indem du mich zu einem Konzert eingeladen hast. Ich bin begeistert.«

Sie schürzte die Lippen. »Sagt ein Mann, der noch nie auf einem Schulkonzert war. Ich kann dir sagen, es ist schmerzhaft.«

»Wie schlimm kann es schon sein?«

Da Greta in einem Kindergarten war, der mehrere Altersgruppen umfasste, gab es einige weinende Kinder. Ein kleiner Junge, der völlig hysterisch war, griff ständig nach seiner Mutter in der ersten Reihe. Diejenigen, die keinen Nervenzusammenbruch hatten, sangen falsch und benutzten nicht immer die erwarteten Worte. Da war das Kind, das Pompons von seinem hässlichen Pullover pflückte und damit warf. Das kleine Mädchen, das einem anderen an den Zöpfen zupfte. Und im Finale gab es einen Streit darüber, wer die Triangel schlagen durfte, weil die zweite offenbar verloren gegangen war.

Trotz des Dramas war Greta perfekt, sang mit Begeisterung und trug ein leuchtend rotes Kleid, das Charlotte auf einem Flohmarkt gekauft hatte.

Ares strahlte wie ein stolzer Elternteil, als Greta ihr zweizeiliges Solo sang, und gab ihr am Ende stehende Ovationen und einen Pfiff, der ihren kleinen Schatz so sehr strahlen ließ, dass Charlottes

Herz zersprang. Wie konnte dieser Mann, der sie kaum kannte, mehr wie ein Vater handeln, als es Gretas eigener je getan hatte?

Nachdem sie zu ihrem Haus zurückgekehrt waren – in zwei Fahrzeugen, da er seinen Pick-up dabeihatte –, bestand er darauf, dass sie zum Abendessen ausgingen, das er spendierte. »Du hast die Wahl«, sagte er zu Greta.

Und natürlich rief ihr Kind, dessen Vorstellung von gutem Essen sich von der eines Erwachsenen unterschied: »McDonald's!«

Deshalb fand ihre erste Verabredung mit Ares in einem Restaurant mit goldenem M statt, und nicht von der schönen Art, mit der sie aufgewachsen war. Es glich nun einem schwarzgrauen Kasten, aber zumindest das Essen war dasselbe geblieben. Die Pommes zu salzig, aber herrlich knusprig. Der Big Mac genauso lecker mit seiner Spezialsoße. Greta hatte ein Happy Meal und freute sich über ihr Spielzeug. Ares hatte einen Hamburger Royal TS mit Käse, einen McChicken, Nuggets und eine extragroße Portion Pommes.

»Hungrig?«, stichelte Charlotte, als er sich darauf stürzte.

»Immer. McDonald's war schon immer eines meiner Lieblingsrestaurants.«

»Meins auch«, zwitscherte Greta.

»Apfel- oder Blaubeerkuchen zum Nachtisch?«, fragte er.

»Eiscreme«, kicherte ihr Kind.

Ein lachender, familiärer Moment, unterbrochen von einem Schauer, der ihr über den Rücken lief. Sie drehte den Kopf und musterte die Gäste. Niemand kam ihr bekannt vor, und doch fühlte sie sich beobachtet, und das nicht auf angenehme Weise. Es erinnerte sie an den Ausdruck, jemand sei über ihr Grab gelaufen.

Ares ergriff ihre Hand. »Geht es dir gut? Du siehst aus, als hättest du einen Geist gesehen.«

»Gut. Ich bin nur paranoid.«

Sicherlich hätte Barry das Video nicht gesehen. Er wäre nicht so weit geflogen. Er wäre nicht hier, an diesem Ort, zu dieser Zeit.

Unmöglich.

Dennoch wurde sie ihr Unbehagen nicht los, und als sie den Wagen in die Einfahrt ihres Reihenhauses lenkte, war sie noch nicht bereit hineinzugehen. Sie warf ihm einen Blick zu. »Musst du gehen?«

»Nein. Ich gehöre dir, solange du mich brauchst.«

Sie warf einen Blick auf Greta in ihrem Kindersitz auf der Rückbank, den sie von der örtlichen Kirche bekommen hatte, die Mittel für alleinerziehende Eltern mit geringem Einkommen bereitstellte. »Wollen wir uns die Weihnachtsbeleuchtung ansehen?«

»Jaaa!«

Ares tippte Charlotte auf den Oberschenkel. »Wenn du mich fahren lässt, kenne ich ein Haus, das die tollste Dekoration hat.«

»Bitte sehr.«

Sie stieg aus, und als sie an der Motorhaube vorbeiging, um die Plätze zu tauschen, hielt sie ihn mit einer Hand auf.

»Was gibt's?«

»Danke.« Diesmal küsste sie ihn nicht auf die Wange, sondern drückte ihm einen sanften Kuss auf die Lippen.

Er sog den Atem ein, versuchte aber nicht, sie zu überfallen. Er murmelte: »Gut, dass es draußen kalt ist, denn die Dusche, die ich später nehmen werde, wird eiskalt sein müssen. Verdammt, Frau.«

Es erregte sie, zu wissen, dass er sie so begehrenswert fand, und es führte dazu, dass sie mutig sagte: »Oder du könntest die Nacht hier verbringen. Ich muss erst um neun arbeiten.«

»Nur, wenn du dir sicher bist.«

Sie strich ihm über die Wange. »Nein. Aber das ändert nichts an der Tatsache, dass es etwas an dir gibt, dem ich nicht widerstehen kann.«

»Das Gefühl beruht auf Gegenseitigkeit.« Er drückte ihr einen Kuss auf die Nasenspitze. »Steig lieber in den Wagen, bevor die Prinzessin ungeduldig wird.«

Er hielt sein Wort und fuhr sie an einem Haus vorbei, das im Stil des Films *Schöne Bescherung* mit Lichtern, Wohnmobil und allem Drum und Dran geschmückt war. Sie fuhren über eine Stunde lang langsam die Seitenstraßen auf und ab und bewunderten die funkelnden Lichter. Händchenhaltend, sollte sie hinzufügen. Da der Wagen ein Automatikgetriebe hatte, musste er nicht schalten, und als er eine Hand ausstreckte, ließ sie ihre Finger in seine gleiten.

Es fühlte sich warm an. Richtig.

Bis zu diesem Moment war ihr nicht klar gewesen, wie sehr sie diese Intimität und Verbindung mit einem anderen Menschen vermisst hatte.

Umso mehr freute sie sich, dass sie ihn gebeten hatte, bei ihr zu übernachten. Obwohl sie vielleicht versuchen würde, ihn am Morgen hinauszuschmuggeln, ohne dass Greta ihn sah. Sie wollte sich mit diesen Fragen noch nicht beschäftigen. Es war noch zu früh.

Als sie mit einem verschlafenen Kind auf dem Rücksitz zurück zu ihrem Haus fuhren, hörten sie Sirenen.

»Klingt, als würde etwas brennen«, bemerkte er.

Als sie in ihre Straße einbogen, zuckte sie zusammen. Nicht bei ihr zu Hause, sondern im Haus nebenan drang Rauch aus einem zerbrochenen Fenster. Vor dem Haus parkte ein Löschwagen mit Blaulicht. Ein riesiger Schlauch lag auf dem Boden.

Ein Polizist hielt den Wagen an, und Ares fuhr das Fenster herunter. »Hey, Officer. Ist das Feuer gelöscht?«

»Das Feuer ist eingedämmt, aber das Gebiet ist gesperrt.«

»Aber ich wohne hier«, rief Charlotte aus.

Der Polizist blickte hinter sich und dann wieder zu ihnen. »Ich fürchte, niemand darf diesen Häuserblock betreten, bis die Inspektoren ihn für sicher halten.«

»Aber ...« Überwältigt verlor sie ihre Stimme, aber Greta nicht. »Wo sollen wir denn schlafen?«

Natürlich hatte Ares eine Lösung. »Bei mir zu Hause.«

KAPITEL SIEBEN

Ares schaffte es, erst einen Polizisten und dann einen Feuerwehrmann davon zu überzeugen – indem er seine Verbindung zu Derek erwähnte –, Charly hineinlaufen zu lassen, um ein paar Sachen für sie und Greta zu holen. Der arme Rudolph lag auf der Seite im Vorgarten, und angesichts der großen Beule in den Rippen, die er sich durch das Getrampel zugezogen hatte, würde er vielleicht nie wieder derselbe sein.

Die aschfahle Charly kam mit zwei prall gefüllten Taschen aus dem Haus heraus.

Greta fragte auf dem Rücksitz leise: »Ziehen wir wieder um?«

»Ihr macht ein paar Tage Urlaub in meinem Haus.«

»Aber es ist fast Weihnachten. Wie soll der Weihnachtsmann mich finden?«

Er hielt inne, als er auf eine Eingebung wartete.

Sein Wolf hatte sie. *Sag ihr, der Weihnachtsmann ist wie ein Wolf. Er kann kleine Kinder erschnuppern, die brav gewesen sind.*

Ares modifizierte den Ratschlag. »Der Weihnachtsmann weiß alles. Ich würde mir keine Sorgen machen. Er wird dich schon finden.«

Er stieg aus dem Wagen und öffnete den Kofferraum für Charly.

Sie schnaufte, als sie ihre Beute hineinwuchtete und die Klappe schloss. Erst dann warf sie ihm einen Blick zu. »Bist du sicher, dass wir uns nicht aufdrängen?«

»Wenn du mich noch einmal fragst, werde ich dich küssen, bis du nicht mehr sprechen kannst.«

Sie blinzelte. »Das ist nicht wirklich eine große Drohung.«

»Dann frag mich doch einfach.«

Sie schürzte die Lippen. »Nicht der richtige Zeitpunkt.«

»Einverstanden. Also, kannst du fahren? Wenn nicht, dann lasse ich meinen Wagen hier und überlege mir, wie ich morgen früh zur Arbeit komme.«

»Ich kann fahren.«

»Bist du sicher? Denn es ist keine große Sache,

wenn du es nicht kannst. Ich weiß, das war ein Schock.«

»Es war nicht mein Haus, das gebrannt hat.« Sie verzog den Mund. »Es ist furchtbar, das zu sagen. Vor allem weil ich die Frau kenne, der das Haus gehört. Zum Glück war sie nicht zu Hause, als es passierte. Sie ist – *war* – mein Babysitter. Ich werde mich morgen auf der Arbeit krankmelden müssen, bis ich einen neuen gefunden habe. Was wiederum egoistisch klingt.«

»Nein, du bist einfach eine Mutter. Und mach dir keine Sorgen um Greta. Ich fange meinen Weihnachtsurlaub einfach einen Tag früher an.«

Kein Wecker. Seinem Wolf gefiel dieser Teil.

»Du solltest dich nicht so schnell freiwillig melden. Es ist eine Sache, ein paar Stunden mit mir und ihren Spielsachen zu verbringen. Aber du redest von einem ganzen Tag mit einem Kind, dem das Fernsehen langweilig wird.«

»Ich lebe auf einer Farm, schon vergessen? Es gibt mehr als genug Dinge, die uns beschäftigen. Und ich werde nicht allein sein. Mom und Selene brechen erst am späten Nachmittag auf.« Vielleicht. Der Wetterbericht sagte Schnee voraus.

»Wir werden uns nicht lange aufdrängen. Das Haus riecht zwar nach Rauch, aber es scheint keine Schäden zu geben. Der Feuerwehrmann scheint zu glauben, dass wir in ein paar Tagen wieder einziehen können.«

»Das hat keine Eile.« Er meinte es ernst. Er hatte das Gefühl, wenn er sich erst einmal an ihre Anwesenheit gewöhnt hatte, würde er nicht mehr wollen, dass sie gingen.

»Ich störe nur ungern.«

»Das Haus hat jede Menge Platz. Das größte Problem werden Mom und Selene sein.«

»Oh je, werden sie verärgert sein?«

»Nur, weil ihr Flug morgen geht und sie deshalb nicht viel Zeit mit Greta haben werden.« Er zwinkerte.

Charlotte gab ihm einen Klaps auf den Arm. »Du bist gemein.«

»Ich weiß. Sollen wir?«

Ares sah zu, wie sie auf den Fahrersitz kletterte, und bevor die Tür sich schloss, hörte er Greta zwitschern: »Old Mac Ares hat 'ne Farm ...«

Verdammt, er wünschte, er könnte mit ihnen mitsingen.

Stattdessen musste er seinen Pick-up fahren, das Tempo drosseln und in den Rückspiegel schauen, um sicherzustellen, dass er Charlotte nicht verlor. Sie fuhren aus Arnprior hinaus in eine abgelegenere Gegend. Calabogie, auch bekannt als Cottage Country, war ein beliebtes Ziel für Touristen, die im Sommer an den See oder im

Winter zum Skifahren fuhren, um sich von der Stadt zu erholen.

Während der Fahrt rief er seine Mutter an.

»Hey, mein Schatz. Wie war das Konzert?«

»Großartig, aber es gab danach ein Problem. Nur eine Vorwarnung. Ich bringe Charly und Greta für ein paar Tage zu uns.«

»Ist alles in Ordnung?« Der Tonfall seiner Mutter war besorgt.

»Das Nachbarhaus ist in Brand geraten, und alle wurden aus ihrem Zuhause geworfen, bis Entwarnung gegeben wird.«

»Oh je. Wie furchtbar. Sag ihnen, dass sie so lange bleiben können, wie sie möchten. Sollen Selene und ich unsere Reise verschieben?«

»Wagt es ja nicht! Die Tickets sind nicht erstattungsfähig. Ich komme schon zurecht.« Das, und er hätte auch nichts dagegen, mit Charly allein zu sein.

»Das weiß ich, aber ich freue mich schon auf deine Freundin und ihre Tochter.«

»Ihr müsst nicht vor dem frühen Nachmittag zum Flughafen. Da hast du genügend Zeit, um mit Greta Kekse zu backen.« Denn er kannte seine Mutter.

»Haben sie Hunger? Ich bereite etwas für euch vor. Soll ich Greta das Gänseblümchen- oder das Honigbienenzimmer geben?« Mom hatte ein

Motto für die beiden Gästezimmer. Das Bauernhaus mit fünf Schlafzimmern war wie geschaffen für große Familien.

»Das Honigbienenzimmer hat das große Bett, das ist vielleicht besser. Ich kann mir vorstellen, dass sie bei Charly schlafen will, weil es ein neuer Ort ist.«

»Oh, Charly schläft nicht bei dir?« Moms nicht ganz so unschuldige Frage.

»Mom!«

»Was? Du magst sie doch offensichtlich.«

»Darüber spreche ich nicht mit dir.«

»Wie prüde.« Seine Mutter lachte. »Wir sehen uns gleich. Ich habe noch was zu tun.«

Und damit meinte sie nicht nur, einen Kranz an die Haustür zu hängen. Als er ankam, sah er, dass das Erkerfenster mit Lichtern erleuchtet war und auf dem Fensterbrett ihre Sammlung hässlicher Nussknacker stand. Ihre wertvollsten. Sie hatte zu viele, um sie alle auf den Sims zu stellen – er und seine Schwestern waren schuld. Ein paar Jahre hatten sie versucht, einander auszustechen, indem sie die lächerlichsten Nussknacker suchten, die sie finden konnten. Die Meerjungfrau mit der Weihnachtsmannmütze. Der Pirat mit dem Holzbein. Der tropische Weihnachtsmann. Bei der letzten Zählung hatte Mom über dreißig davon.

Er hielt zuerst an und stieg aus, als Charly

hinter ihm parkte. Mit großen Augen kam Greta heraus und rief: »Das ist eine echte Farm.«

»Das ist es.« Er zeigte darauf. »Da ist die Scheune, in der wir im Winter die Ziegen halten. Und das da nebenan ist der Hühnerstall.«

»Echte Hühner?«, quietschte Greta.

»Ja. Wir werden sie morgen besuchen und sehen, ob sie frische Eier für uns haben.«

Greta klatschte in die Hände. »Juhu!«

»Vielleicht haben wir sogar die Gelegenheit, eine Ziege zu melken.«

»Kühe geben Milch, keine Ziegen, Dummerchen«, schnaubte Greta.

»Greta!«, rief Charly aus.

Ares lachte. »Das denken viele Leute. Wenn wir genug bekommen, zeige ich dir, wie ich sie zu Käse verarbeite.«

»Mmm. Käse.« Greta rieb sich den Bauch.

Ares holte ihre Taschen aus dem Kofferraum und wies auf das Haus. »Macht euch bereit für einen herzlichen Empfang. Mom ist überglücklich, dass ihr herkommt. Sie war sogar bereit, ihre Kreuzfahrt mit Selene abzusagen.«

»Oh, lass sie das nicht tun.«

»Werde ich nicht.« Er lachte. »Ich habe dir doch gesagt, dass es für sie in Ordnung ist, wenn ihr hierbleibt.«

Als sie eintraten, roch es nach Keksen, er hörte

leise Weihnachtsmusik und sah Selene mit einem fröhlichen »Willkommen!« aus dem Wohnzimmer kommen.

»Danke, dass wir bleiben dürfen. Wir werden versuchen, nicht zu stören.« Charlotte hatte wieder diesen angespannten Blick, und Ares legte seinen Arm um ihre Schultern und drückte sie.

»Ihr stört nicht. Ihr bringt zusätzliche Freude«, erklärte er.

Die sonst so vorlaute Greta schmiegte sich an seine Beine und schaute mit großen Augen auf den größten Nussknacker, den Mom besaß. Ein Hockeyspieler, der immer den besten Platz in der Diele hatte.

»Das ist ein großer Nussknacker«, flüsterte Greta.

»Sag Hallo zu Jean Guy. Moms erster Nussknacker. Dad hat ihn für sie gefunden.«

»Ihm fehlt ein Zahn.« Greta zeigte auf den schwarzen Fleck in Jean Guys Grinsen.

»Genau wie der echte«, bemerkte Ares.

»Warte, bis du die anderen siehst«, rief Selene aus. »Ich habe den hässlichsten Nussknacker der ganzen Bande gekauft. Sieh ihn dir an.« Sie streckte eine Hand aus, und Greta ergriff sie und hüpfte ins Wohnzimmer, um einen Blick darauf zu werfen.

»Der hässlichste, und trotzdem klingt sie stolz«, murmelte Charlotte.

»Erinnerst du dich an die Geschwisterrivalität, von der wir sprachen? Steck den Kopf ins Wohnzimmer.«

Charlotte tat es und drehte sich mit offenem Mund zu ihm um. »Ihr habt diese ... diese ...«

»Hässlichen Nussknacker gekauft. Oh ja, das haben wir.« Er grinste. »Auf den Holzfäller bin ich besonders stolz, denn er sieht aus wie Dad.«

»Dein Vater war hässlich?«

Er lachte. »Nein, aber die Holzversion von ihm sieht ziemlich lustig aus. Komm, lass uns meine Mom suchen.«

Mom wischte sich die Hände an einem Handtuch ab, als sie die Küche betraten, und strahlte. »Hallo! Du musst Charlotte sein. Ich bin Beatrice, aber bitte nenn mich Bea.«

»Schön, Sie kennenzulernen. Vielen Dank für Ihre Gastfreundschaft.«

»Ach du meine Güte, wir können uns doch Duzen, und das ist überhaupt kein Problem. Freut mich, dass wir helfen können. Keks?« Mom, die nicht nur die schnellste Weihnachtsdekoration aller Zeiten hinbekommen hatte, hatte auch gebacken. Sie hielt ihr einen frisch gebackenen, noch heiß aus dem Ofen kommenden Keks mit Schokoladenstückchen hin.

Charlotte nahm ihn und biss hinein. Sie stöhnte. »Meine Güte, ist der gut.«

»Die besten«, stimmte Ares zu, nahm drei und schob sich einen ganzen in den Mund. »Mom ist eine tolle Köchin.«

»Wo ist die Prinzessin? Ich kann es kaum erwarten, sie kennenzulernen.« Mom stapelte ein paar Kekse auf einen Teller und schenkte ein Glas Milch ein, bevor sie ins Wohnzimmer eilte.

Charly warf ihm einen Blick zu. »Du hast nicht gescherzt, dass sie sich darüber freuen, dass wir bei ihnen unterkommen.«

»Mom liebt Kinder. Sie hätte noch mehr als uns drei bekommen, wenn ihre Gebärmutter mitgespielt hätte. Nach Selene musste sie sie wegen Komplikationen entfernen lassen.«

»Oh, das muss schwer für sie gewesen sein.« Charly nickte verständnisvoll, während sie an einem weiteren Stück Keks knabberte. »Ich kann verstehen, dass sie mehr will. Kinder sind großartig. Greta war eine Überraschung. Ich war damals auf dem College, und es war schwierig, aber ich habe es geschafft. Und sie ist es so wert.«

Er sagte nichts über die Tatsache, dass manche denken könnten, es sei immer noch schwer für sie. »Du sagtest, ihr Vater ist gegangen?«

»Ja. Er hat erst vor Kurzem beschlossen, dass er Greta haben will.«

Er hielt ihre Hände und murmelte: »Du bist

hier bei mir sicher. Ich werde nicht zulassen, dass jemand sie dir wegnimmt.«

Sie verzog die Lippen. »Ich wünschte, ich könnte dir das glauben. Aber du kennst ihn nicht ...« Sie hielt inne. »Barry hat eine dunkle Seite an sich.«

»Die habe ich auch, wenn meine Familie bedroht wird.« Sie war erst kürzlich zum Vorschein gekommen, als seine Schwestern und seine Mutter entführt worden waren. Bis heute bedauerte er nicht den Tod, den er verursacht hatte, als er sie zurückgeholt hatte.

Sieg, schnaufte sein Wolf.

Ein Sieg, der mit Blut und Gewalt errungen wurde. Wäre er ein normaler Mensch gewesen, hätte ihn das vielleicht mehr gestört, aber eine Hälfte von ihm war ein geborenes Raubtier, das die Welt eher schwarz und weiß sah.

»Wir sollten deine Mutter und deine Schwester vor meinem hyperaktiven Kind retten«, scherzte sie.

Eigentlich war es fraglich, wer mehr Energie hatte. Als sie das Wohnzimmer betraten, fanden sie die drei vor, die unter großem Gelächter Ringelreihe spielten, als sie hinfielen.

Die grinsende Greta zwitscherte: »Mama! Ares! Kommt spielen!«

Sie tanzten, sangen und aßen eine Weile Kekse,

bevor Charlotte nach einem langen Gähnen verkündete: »Schlafenszeit für kleine Prinzessinnen.«

»Aber Mama ...«

»Je eher du ins Bett gehst, desto früher können wir beide ein paar Plätzchen backen«, erklärte Ares' Mutter. »Nach dem Pfannkuchenfrühstück natürlich.«

»Ooh.«

»Und vergiss nicht, dass wir die Kaninchen besuchen«, erklärte Selene, die sich nicht übertreffen ließ.

»Pah, jeder weiß, dass die Ziegen viel toller sind«, warf Ares ein.

Greta strahlte und streckte ihm zu seinem Entsetzen die Arme entgegen, während sie befahl: »Trag mich.«

Den zweiten Abend in Folge las Ares eine Gutenachtgeschichte vor, während die drei kuschelten – er auf der einen Seite des Bettes, Charly auf der anderen und Greta dazwischen.

Als Greta die Augen zufielen, musterte Charly ihn über den Kopf ihres Kindes hinweg mit ebenso verschlafenen Augen. »Nicht der Abend, den wir geplant hatten«, murmelte sie leise.

»Dinge passieren. Wir haben noch viele Abende vor uns.« Dafür würde er sorgen. »Warum schläfst du nicht ein wenig, und wir sehen uns dann morgen früh?«

»Danke, Ares.«

»Ach, das ist doch gar nichts.« Er wünschte, er könnte mehr tun.

Er ging die Treppe hinunter, wo Mom und Selene auf ihn warteten.

»Ist sie gut eingeschlafen?«, fragte seine Mutter.

»Ja, sie schläft tief und fest. Charly auch.«

Selene war diejenige, die einen Blick an die Decke warf, bevor sie fragte: »Was willst du tun, wenn sie bis zum ersten Weihnachtsfeiertag nicht in ihr Haus zurückkehren können?« Das war zufällig auch der nächste Vollmond, an dem ihre Verwandlung in einen Wolf unvermeidlich sein würde.

Wann immer es möglich war, liefen er und seine Schwestern bei Vollmond in ihrer Wolfsgestalt durch die Wälder. Allerdings hatten sie bei einigen Gelegenheiten, wenn sie glaubten, beobachtet zu werden, die Nacht in dem fensterlosen Lagerraum im Keller verbracht. Nicht gerade etwas, was er tun konnte, wenn Charly im Haus war. Gleichzeitig würde es verdächtig wirken, wenn er für die Nacht wegging.

»Ich weiß es nicht. Ich werde mir etwas einfallen lassen, wenn es so weit ist.« Er strich sich mit den Fingern durch die Haare. »Daran habe ich noch gar nicht wirklich gedacht.«

Selene würde bei Vollmond an Bord des Kreuzfahrtschiffes sein und den Abend in ihrem Zimmer verbringen. Hoffentlich würde das Personal sich nicht über das Wolfshaar wundern, das sie abwarf.

Mom hatte einen Vorschlag. »Du könntest ja einen Notfall erfinden. Sag, Kojoten bedrohen das Vieh. Dann hast du eine Ausrede, um draußen zu sein, und sie hier drinnen.«

»Das ist eigentlich keine schlechte Idee.« So sehr er es auch hasste, Charly anzulügen, ihre Beziehung war noch zu frisch, als dass er sein haariges Geheimnis hätte preisgeben können.

Er verbrachte die Nacht damit, sich hin und her zu wälzen, verspottet durch die Tatsache, dass Charly direkt auf der anderen Seite des Flurs schlief.

Lass mich raus, dann passe ich auf die beiden auf, bot sein Wolf an.

Denn wenn sie vor einer riesigen Bestie aufwachen, wird sie das nicht erschrecken.

Der Welpe wird keine Angst haben.

Greta mochte von einem übergroßen Hund begeistert sein – *beleidigend!* –, aber er konnte nicht vorhersagen, wie Charly reagieren würde.

Zumal der Hund so plötzlich verschwinden würde, wie er aufgetaucht war.

Da er sie hören wollte, sobald sie aufwachten, ließ er seine Schlafzimmertür einen Spalt offen und schlief ein. Als er plötzlich aufschreckte, hatte er das Gefühl, beobachtet zu werden, doch sein Wolf reagierte nicht.

Er öffnete die Augen und sah Greta neben seinem Bett stehen, die ihn anstarrte.

Sie grinste. »Du bist wach.«

»Du auch.«

»Mom schläft noch. Sie schnarcht«, informierte Greta ihn. »Und du auch.«

Seine Mundwinkel zuckten. »Wie ein Wolf?«

»Wölfe schnarchen nicht. Du bist wie ein Bär.« Greta kicherte.

»Ein Bär, der Honig mag. Und ich weiß, wo wir welchen finden können, zusammen mit ein paar Pfannkuchen.«

Charly fand die beiden bei selbst gemachten Schokoladenpfannkuchen, Speck und Orangensaft vor, als sie ein wenig verzweifelt die Küche betrat. Beim Anblick von Greta beruhigte sie sich.

»Süße, du hättest mich wecken sollen. Tut mir leid, wenn sie – «

Mom schüttelte ihren Pfannenwender. »Wage es nicht, dich dafür zu entschuldigen, dass du dich ausgeruht hast. Wir sind Frühaufsteher, und sie hat überhaupt keinen Ärger gemacht. Die Prinzessin hat sogar geholfen, das Frühstück zu machen.«

»Ich habe mit Ares Eier geholt!«, verkündete Greta. »Er hat viele Hühner. Und nachdem wir gegessen haben, werde ich mir Kaninchen und Ziegen ansehen. Kommst du mit, Mama?«

Charly schüttelte den Kopf. »Ich muss zur Arbeit gehen. Erinnerst du dich an unser Gespräch, dass du ein braves Mädchen für Ares bist, während ich weg bin?«

»Ich werde die allerbeste Prinzessin sein«, erklärte Greta.

Es war Charly, die Probleme hatte. Sie wollte nicht gehen, und Ares sagte ihr sogar: »Melde dich krank.«

»Ich kann nicht. Ich brauche mein Gehalt.« Charly zog die Mundwinkel nach unten.

»Wir kommen schon klar«, versicherte er ihr. »Ich kann dir Bilder schicken, wenn du dich dann besser fühlst.«

Das entlockte ihr ein Lächeln. »Das würde mir gefallen.«

»Wir sehen uns beim Abendessen.« Er zog sie nahe genug heran für einen sanften Kuss. »Wir werden nur zu dritt sein, da meine Mutter und meine Schwester heute Nachmittag zum Flughafen fahren. Ich werde meine berühmten Fajitas zubereiten.«

»Ich kann es kaum erwarten.«

Sie bedankte sich bei seiner Mutter und seiner Schwester für ihre Gastfreundschaft und wünschte ihnen alles Gute für ihre Reise. Damit ging sie, und Ares überließ es Selene und seiner Mutter, sich abwechselnd um Greta zu kümmern, bis sie sich fertig machen mussten.

Er und Greta winkten, als sie losfuhren, und dann war es endlich Zeit für die Ziegen, die sehr beliebt waren, vor allem die kleinen, denen er einen Schlafanzug anzog.

Als es Zeit zum Abendessen war, kehrte Charly zu Weihnachtsmusik, dem Duft von brutzelndem Essen und einer überschwänglichen Begrüßung von Ares und Greta zurück.

Was folgte, war der häuslichste Abend aller Zeiten. Abendessen, gefolgt von einem Weihnachtsfilm, einer Geschichte, und als Greta die Augen schloss ...

Charly blickte ihn schüchtern an und sagte: »Ich bin noch nicht müde.«

Oh ja.

Zeit zum Kuscheln.

KAPITEL ACHT

Charlotte verbrachte den Tag in einem seltsamen Zustand. Nicht weil sie nicht gut geschlafen hatte – sie war erstaunlicherweise schnell in einen tiefen Schlaf gefallen. Das bequeme Bett war nur ein Teil des Grundes. Der größere Teil? Ares, der es verstand, ihr das Gefühl zu geben, beschützt und wichtig zu sein. Wenn dann noch die Akzeptanz durch seine Familie hinzukam, wurde ihr Gefühl der Sicherheit nur noch größer.

Greta in ihrer ganzen Pracht zu sehen – wie sie im Mittelpunkt der Aufmerksamkeit stand und die fröhliche Stimmung genoss, die alle ausstrahlten – half ebenfalls. Es hatte Charlotte immer gestört, die engen Bindungen zu sehen, die andere Kinder genießen durften: die Bilder von Familienessen und

-urlauben, die Großeltern, die Zeit mit den Kleinen verbrachten und Erinnerungen schufen. Die arme Greta hatte niemanden außer Charlotte. Keine Großeltern, die sie verwöhnen konnten, keine Tanten oder Onkel, also auch keine Cousins und Cousinen. Barry hätte ihr vielleicht eine Großfamilie bieten können, aber er entschied sich dafür, sie im Stich zu lassen. Sie hatte sein Verhalten immer als seltsam empfunden, wenn man bedachte, dass er sich damit brüstete, wie nahe er seinen Brüdern stand, von denen nicht alle blutsverwandt waren.

Andererseits war es angesichts ihres jetzigen Wissens wahrscheinlich besser, dass Greta diese gewalttätige Bande nie kennengelernt hatte.

Ares hätte nicht unterschiedlicher sein können. Selbstbewusst, ohne arrogant zu sein. Großzügig, denn er gab und erwartete nichts im Gegenzug. Aufrichtig gutmütig. Er stand seiner Mutter und seinen Schwestern nahe. War ehrlich mit seinen Gefühlen.

Alles Dinge, die ihn schwach erscheinen ließen, und doch strahlte er Stärke aus, und wenn er vorbeiging, brauchte sie praktisch einen Fächer, um sich abzukühlen.

Als sei er nicht bereits zu gut, um wahr zu sein, hatten er und Greta eine Verbindung zueinander geschaffen. Schon in dem Moment, in dem er den

Käfer in ihrer Küche getötet hatte, hatte ihre Tochter ihn zu ihrem Helden erkoren, und er hatte sie noch nie enttäuscht. Er ignorierte Greta nicht, wenn sie sprach. Er verdrehte nicht die Augen, wenn sie eine Geschichte noch einmal lesen oder dasselbe Lied ein Dutzend Mal hintereinander singen wollte. Er zeigte Geduld, erklärte ihr Dinge. Im Grunde benahm er sich wie ein Vater.

Wenn Charlotte sie zusammen sah, schmolz sie dahin. Das war das Familienleben, das sie sich immer gewünscht hatte, warum also machte es ihr Angst?

Als sie das letzte Mal glaubte, »den Richtigen« gefunden zu haben, hatte er sich als Fremder entpuppt. Das Schauspiel, mit dem er sie für sich gewonnen hatte, war genau das gewesen: eine Scharade. Der echte Barry entpuppte sich als ein Arschloch. Nach Gretas Geburt war der Wandel von einem liebevollen Partner zu einem verbal gewalttätigen und unhöflichen Mann verblüffend gewesen. *»Mein Gott, bedeck dich. Ich kann nicht glauben, wie sehr du dich gehen lässt.«* Das war zwei Wochen nach der Geburt gewesen. Monate später wog sie immer noch ein paar Pfund mehr, und wenn sie versuchte, mit ihm intim zu werden, wich er angewidert zurück. *»Du kannst doch nicht ernsthaft erwarten, dass ich einen hochkriege, wenn du so aussiehst.«* Trotzdem war sie geblieben und hoffte, dass der Mann zurückkehren würde, in den sie sich verliebt hatte.

Sie wartete vergeblich darauf, dass es besser wurde, aber es wurde noch schlimmer. Er begann, jeden Abend nach der Arbeit auszugehen. Als sie es gewagt hatte, seine häufigen Ausflüge infrage zu stellen, blaffte er: »*Ich komme zurück, wenn ich Lust habe. Das gefällt dir nicht? Pech gehabt.*«

Aber das Schlimmste waren seine Anschuldigungen. »*Wessen Kind ist sie?*«

Wenn sie mit »*Deines*« antwortete, sagte er nur: »*Einen Scheiß ist sie. Dachtest du wirklich, ich würde es nicht herausfinden?*« Es war egal, was Charlotte sagte.

»*Ich schwöre, sie ist von dir. Du bist der einzige Mann, mit dem ich je zusammen war.*«

»*Verlogene Hure*«, war nur eine der Beleidigungen, die er benutzte.

Sie war in ihrem Leben buchstäblich nur mit zwei Männern zusammen gewesen. Mit einem in der Highschool und mit Barry auf dem College. Barry hatte sie seelisch niedergeschlagen, ihr Selbstvertrauen zerstört und sie so misstrauisch gegenüber Männern gemacht, dass sie sich entschlossen hatte, nicht mehr mit ihnen auszugehen. *Bin ich zu fett? Bin ich so unattraktiv?*

Logischerweise wusste sie, dass Barry ein Arschloch war. Männer flirteten mit ihr, und obwohl sie etwa fünfzehn Kilo schwerer war als auf dem College, fand sie, dass sie das Gewicht gut trug und ihre Figur an den richtigen Stellen kurvig war. Aber ein Teil von ihr hatte immer noch die brennenden Beleidigungen gehört ... bis sie Ares traf.

Er betrachtete sie, als sei sie eine köstliche Nachspeise, die er essen wollte. Er flirtete. Er sagte geradeheraus, dass er sie mochte. Er küsste sie und machte kleine sexy knurrende Geräusche.

Vor dem Brand, der sie vorübergehend obdachlos gemacht hatte, war sie bereit gewesen, alle Vorsicht in den Wind zu schlagen und sich endlich einem Mann gegenüber verletzlich zu machen. Also sich nackt auszuziehen. Sie vertraute darauf, dass Ares nicht angewidert wäre. Sie vertraute darauf, dass er ihr Vergnügen und nicht Schmerz bereiten würde. Und auch wenn ihre Pläne vom Vorabend gestrichen worden waren, würden heute Abend, sobald Greta ins Bett ging, nur sie beide im Haus sein.

Nur sie, er, ein Bett und sechs Jahre unterdrücktes Verlangen.

Sie hoffte, dass sie sich nicht blamierte, indem sie entweder erstarrte oder zu schnell kam. Gab es überhaupt einen Begriff für eine Frau, die zu früh zum Orgasmus kam? Das konnte passieren. Als er sie geküsst hatte, bevor sie zur Arbeit fuhr, hatte sie sich vor Lust so sehr verkrampft, dass sie in der Einfahrt fast zum Höhepunkt gekommen wäre.

Erbärmlich. *Ich bin erbärmlich.* Seufz. Und der Tag zog sich hin. Der einzige Höhepunkt – und eine Qual – waren die regelmäßigen Nachrichten von Ares. Getreu seinem Wort dokumentierte er Gretas Abenteuer auf der Farm. Gretas Lachen mit offenem Mund, als sie Kaninchen aller Größen fütterte. Der Blick der reinen Freude, als sie in der Scheune saß, umgeben von Ziegen – im Schlafanzug! Ein Anblick, der Charlotte irgendwie neidisch machte. Sie hätte auch nichts dagegen, ein Ziegenbaby zu streicheln. Die Plätzchen, die sie mit Bea gebacken hatte, die beiden in passenden Schürzen. Das Bild von Greta, die Hand in Hand mit Selene im Wald spazieren ging. Jemand hatte sogar eine tolle Aufnahme davon gemacht, wie Ares Greta in die Luft hielt, damit sie sich ein Blatt schnappen konnte, das hartnäckig an einem Ast hing.

Sie wünschte, sie hätte auf Ares gehört und sich krankgemeldet.

Der Tag konnte gar nicht früh genug enden. Der zweiundzwanzigste Dezember bedeutete jede Menge Einkäufe in letzter Minute, und die nächsten Tage würden noch schlimmer werden. Dann würde sie endlich einen freien Tag zu Weihnachten bekommen, bevor der Wahnsinn zwischen den Jahren begann. Igitt. Sie hoffte wirklich, dass der neue Job in der Zahnarztpraxis funktionierte, denn dann würde sie nächstes Jahr tatsächlich die Woche zwischen Weihnachten und Neujahr freibekommen.

Schließlich endete ihre Schicht, und sie konnte gar nicht schnell genug wegkommen. Die Fahrt zur Farm erwies sich als einfach, Fernstraße, Landstraße und noch eine Landstraße. Sie parkte hinter Ares' Pick-up und stellte fest, dass der Jeep, den Selene fuhr, weg war. Sie waren wie geplant zu ihrer Kreuzfahrt aufgebrochen.

Noch bevor Charlotte ihren Fuß auf die erste Stufe der Veranda gesetzt hatte, öffnete sich die Tür zu warmem Licht, köstlichen Gerüche und einem aufgeregten Kind.

»Mama, du bist zu Hause!« Greta streckte die Arme aus, und Charlotte zog ihre Tochter in eine Umarmung.

»Hallo, Süße. Wie war dein Tag?«

»Großartig.« Greta fing an, darüber zu plaudern.

Charlotte tat ihr Bestes, um zu antworten und aufzupassen, aber sie ließ den Blick immer wieder zu dem sexy Mann wandern, der am Türrahmen lehnte, eine abgewetzte Jeans trug, die seine Oberschenkel umschloss, und ein kariertes Hemd, das sich über seine breite Brust spannte. Sogar seine nackten Füße waren sexy. Um die Sache noch schlimmer zu machen, schenkte er ihr ein wahnsinnig verführerisches, attraktives Lächeln.

Ares zwinkerte ihr zu und murmelte: »Willkommen zu Hause.«

Zum allerersten Mal fühlte es sich auch so an.

»Komm rein, Mama. Das Essen ist fast fertig. Ich habe Ares geholfen, es zuzubereiten.« Greta zerrte an ihrer Hand.

Als sie eintrat, zog sie ihren Mantel aus, und Ares hängte ihn und ihre Tasche an die Haken in der Diele. Dann deutete er auf gestrickte Pantoffelsocken, als sie ihre Stiefel auszog. »Die hat Mom für dich dagelassen. Da ist auch noch eine Mütze, ein Schal und ein Fäustlingsset.«

»Sie musste mir keine Sachen kaufen.«

»Sie hat sie selbst gemacht. Sie verkauft in ihrem Laden neben Honig und Kuchen auch Strickwaren.«

»Wenn du mit ihr sprichst, sag ihr bitte Danke.«

»Schau mal, was Selene mir geschenkt hat. Das hatte sie, als sie noch klein war.« Greta zog sie ins Wohnzimmer, wo eine Miniaturkrippe neben einem hölzernen Hochstuhl mit einer Plastikpuppe stand. »Ihr Name ist Pansy.«

»Sie ist sehr süß.«

»Ja, natürlich ist sie das. Sie ist mein Baby«, sagte Greta mit einem nüchternen Nicken.

»Hast du Hunger?«, fragte Ares.

Ja, aber nicht nur auf das Essen.

Greta hüpfte voraus in die Küche und rief: »Ich hole den Käse aus dem Kühlschrank.«

Bevor Ares ihr folgen konnte, ergriff Charlotte seine Hand und hielt ihn zurück.

Er starrte sie an. »Geht es dir gut? Du scheinst ein wenig benommen zu sein. Ich weiß, wir haben es vielleicht ein bisschen übertrieben.«

»Das habt ihr, aber nicht auf eine schlechte Art. Danke. Ich habe sie noch nie so glücklich gesehen.«

»Ich glaube nicht, dass das Kind jemals traurig ist.«

»Sie ist ziemlich fröhlich, aber das ...« Charlotte wedelte mit einer Hand. »Als wir umgezogen sind, mussten wir die meisten ihrer Spielsachen zurücklassen, und obwohl ich geplant hatte, sie zu ersetzen, war das Geld einfach nicht da.«

»Wichtiger als alles andere ist, dass sie dich hat«, murmelte er leise. »Dieses Glück hätte ich auch gern.«

Sie trat näher heran. »Also, Ares McMurray, willst du sagen, dass du mich willst?«

Er stieß einen tiefen, vibrierenden Laut aus. »Mehr als du dir vorstellen kannst.«

Sie neigte ihr Kinn, um ihm in die Augen zu sehen. »Und was würdest du tun, wenn du mich hättest?«

Er legte die Arme um sie und drückte sie eng an seinen Körper, während er knurrte: »Dich zur glücklichsten Frau der Welt machen.«

Dann küsste er sie auf die Lippen und raubte ihr den Atem – und das Herz. Ein Kuss, der zu schnell endete, als er flüsterte: »Am liebsten würde ich dich jetzt gleich mit nach oben nehmen, aber ich habe das Gefühl, dass Greta uns stören könnte.«

»Ich bin überrascht, dass sie noch nicht –«

Wie aufs Stichwort ... »Kommt ihr auch? Ich habe Hunger.«

Er lachte. »Beenden wir das später?«

»Jaaa.« Jetzt war sie an der Reihe, überschwänglich zu sein.

Das Abendessen schmeckte köstlich und war voller Lächeln und Lachen, als sie von ihrem Tag hörte.

Obwohl sie Greta schnell ins Bett bringen wollte, beherrschte sie sich. Sie war in erster Linie eine Mutter. Ihre Tochter hatte mehr verdient, als früh ins Bett gebracht zu werden, damit Charlotte ein Schäferstündchen bekam.

Als die Zeit gekommen war, trug Ares Greta ins Bett, aber sie lasen beide die Geschichte, wobei sie abwechselnd die Stimmen des Prinzen und der Prinzessin übernahmen.

Als Greta nach einem gemurmelten »Hab dich lieb« die Augen schloss, traf Charlottes Blick den von Ares.

»Ich bin noch nicht müde«, sagte sie.

Er hielt ihr die Hand hin.

Charlotte war noch nie in ihrem Leben so nervös gewesen. Sie verschränkte ihre Finger mit seinen, aber anstatt sie in sein Zimmer zu führen, zog er sie im Flur an sich und begann, sich langsam im Takt der Weihnachtsmusik zu wiegen, die sie von unten hören konnten.

Unerwartet, aber es entspannte sie. Sie lehnte den Kopf an seine Brust und schloss die Augen, während sie dem gleichmäßigen Schlag seines Herzens lauschte. Er legte die Hände um ihre Taille und streifte ihr Haar mit dem Mund.

Sanft. Sinnlich. Und erregend.

Sie neigte den Kopf und stellte fest, dass er sie anstarrte, ein leichtes Lächeln auf den Lippen.

»Hey, meine Schöne«, murmelte er.

Anstatt zu antworten, stellte sie sich auf die Zehenspitzen, um ihn zu küssen.

Es begann langsam, ein Reiben ihrer Münder, eine Erkundung, bei der sich warme Atemzüge mischten.

Er ließ die Hände auf ihren Hintern sinken, und sie stöhnte auf, als sie spürte, wie er sich fest an sie presste.

Sie wagte es, ihre Zunge gegen seine gleiten zu lassen, eine neckische Berührung, die die Umarmung vertiefte und ihm ein kleines, sexy Knurren entlockte.

»Es ist, als wolltest du, dass ich die Kontrolle verliere«, murmelte er, ohne die Lippen von ihren zu nehmen.

»Wäre das so schlimm?« Die Vorstellung, dass er so leidenschaftlich sein könnte, weckte in ihr nur noch mehr Verlangen nach ihm.

»Wie konnte ich nur so viel Glück haben?«, lautete seine Antwort, bevor er ihr einen erschrockenen Schrei entlockte, als er sie hochhob.

Sie wollte protestieren – *ich bin zu schwer, du wirst dir wehtun* –, aber sie zügelte ihre Zunge, weil er sie mit Leichtigkeit in sein Zimmer trug.

Anstatt sie sofort auf die Füße zu stellen, ließ er ihre Beine los und hielt sie fest an sich gedrückt, so fest, dass sie seine Erektion an ihrem Bauch spüren konnte.

Oh je. Er schien einiges an Größe zu haben.

Sie strich mit den Händen über seine Schultern und über seinen dicken Bizeps. So schöne Muskeln.

»Darf ich dich ausziehen?«

Bei seiner höflichen Bitte nickte sie und

erschauderte, als er mit den Fingern den Saum ihres Pullovers packte und ihn anhob. Er zog ihn aus, sodass sie nur noch mit ihrem BH bekleidet war, aber sie verspürte kein Bedürfnis, sich mit den Händen zu bedecken. Warum sollte sie auch, wenn sein Blick glühte?

»Du bist dran.« Sie zerrte sein T-Shirt aus der Jeans, und er half ihr, es auszuziehen, woraufhin seine glatte, straffe Haut zum Vorschein kam. Sie konnte nicht widerstehen, ihm einen Kuss auf den Brustkorb zu geben, und er stöhnte.

»Du willst es mir nur schwer machen, es langsam anzugehen.«

»Vielleicht will ich es nicht langsam«, scherzte sie, während sie mit den Fingernägeln über seine Brust und seine Bauchmuskeln strich.

»Meine süße und sexy Charly«, murmelte er und küsste sie erneut. Ein kurzer Kuss, als er Küsse entlang ihrer Kieferpartie platzierte. Er knabberte an ihrem Hals hinunter. Gut, dass er sie festhielt, denn ihr wurden die Knie weich.

Er ging mit ihr rückwärts, bis ihre Beine das Bett berührten und sie sich setzte. Er kniete sich vor sie, während er sich mit den Händen an dem Knopf ihrer Hose zu schaffen machte. Sie lehnte sich zurück und half ihm, sie auszuziehen. Irgendwie wünschte sie sich, ein schöneres Höschen zu tragen, denn dieses war einfach nur rosa Baumwolle.

Es schien ihn nicht zu interessieren. »Du bist so verdammt schön.«

Nein, er war der Gott in diesem Szenario. Sein Körper war ein Kunstwerk. Sie griff nach seiner Gürtelschnalle und öffnete die Schlaufe, dann den Knopf. Seine Erektion wölbte sich gegen die Vorderseite seines marineblauen Slips.

Bald stand er nur noch in seiner Unterwäsche da, sein Penis theoretisch verborgen, aber auch klar umrissen.

Er stieß ihre Knie mit seinem muskulösen Bein an. Sie trennten sich, und als er sich zwischen sie kniete, legte sie sich zurück aufs Bett. Er bedeckte sie nicht sofort. Er beugte sich vor und presste seinen Mund auf ihren Oberschenkel. Links, dann rechts. Wieder, nur höher, eine erwartungsvolle Berührung, die sie erzittern ließ.

Seine Lippen kitzelten die Innenseite ihrer Beine, so nahe an dem Teil von ihr, der vor Verlangen bebte.

Als er seinen Mund gegen den Baumwollzwickel ihres Höschens drückte, krümmte sie sich und stieß einen Schrei aus, woraufhin sie sich sofort eine Faust in den Mund steckte, um Greta nicht zu wecken.

Er streichelte sie, kitzelte sie durch den Stoff,

bis sie wimmerte. Erst dann zerrte er mit den Zähnen an dem Slip, zog ihn aus und entblößte sie so vor seinen Blicken.

Aber nicht lange, denn er kehrte mit seinem Mund zurück, um sie an dieser intimsten aller Stellen zu küssen. Mit der Zunge teilte er ihre Schamlippen und leckte.

Sie klammerte sich an seine Bettdecke und keuchte, wand sich und zappelte. Masturbation bereitete ihr nicht das gleiche Vergnügen wie die Berührung durch einen anderen Menschen. Und es war schon so lange her.

Als er ihre Klitoris berührte, verkrampfte sie sich und kam, ein kleiner Orgasmus, der sie erschaudern ließ.

Und beschämte.

Aber er lachte. »Damit wäre Nummer eins aus dem Weg geräumt.«

Moment mal, Nummer eins?

Er war noch nicht fertig mit ihr. Er reizte ihre Muschi weiter, umspielte ihre Klitoris, saugte daran, reizte die Öffnung ihres Geschlechts, bis sie spürte, wie ihre Lust sich wieder zusammenzog.

Wieder?

Das hatte sie nicht einmal für möglich gehalten.

Als er aufhörte und sich vom Bett entfernte, stieß sie einen leisen Laut des Entsetzens aus, aber er brummte: »Ich hole nur ein Gummi.«

Die Verpackung knisterte, als er sie aufriss, und sie richtete sich auf, um sie seinem Griff zu entreißen. Sie war diejenige, die ihm die Unterhose herunterzog. Sein Schwanz sprang vor, begierig darauf, sie zu treffen.

Sie packte ihn, und Ares warf den Kopf zurück und stöhnte. »Spiel nicht zu viel damit. Ich weiß nicht, wie lange ich es aushalten kann.«

Das war das Heißeste, was ein Mann je zu ihr gesagt hatte. Sie rollte das Kondom auf seinen dicken Schaft, ließ sich Zeit, das Latex darüber zu spannen, drückte es zusammen und genoss seine zischende Reaktion und das Zucken seiner Hüften.

Sie legte sich wieder hin und krümmte einladend die Finger. »Komm her.«

»Mit Vergnügen«, murmelte er und bedeckte ihren Körper mit seinem eigenen, ohne sie mit seinem ganzen Gewicht zu erdrücken. Er stützte sich auf beiden Seiten mit den Armen ab, als er sich zu einem Kuss herabbeugte. Eine Umarmung von so reiner Sinnlichkeit, dass sie sich unter ihm zusammenzog und wand. Seine Spitze stieß an ihr Geschlecht, und sie krümmte sich, um ihn in sich aufzunehmen. Er glitt langsam in sie hinein, dehnte sie, füllte sie aus. Ein quälendes Vergnügen.

Als er vollständig in ihr vergraben war, konnte sie nicht anders, als ihre Muskeln um ihn herum anzuspannen und seinen pulsierenden Schwanz zu spüren.

Ein Blick auf ihn zeigte sein aufmerksames Gesicht, angespannt, angestrengt, als würde er sich zurückhalten.

Sie griff nach ihm und zog ihn zu einem Kuss herunter, und er seufzte, als er zu stoßen begann, zunächst in einem langsamen Rhythmus. Hinein und hinaus. Er rieb sie genau richtig. Der tiefe Teil seines Stoßes berührte eine Stelle, die sie nach Luft schnappen ließ.

Er machte weiter, sein Tempo wurde schneller, und sie griff nach seinem Rücken, grub die Fingernägel hinein und trieb ihn an. Drängte ihn, härter und schneller zu stoßen. Ihre Lust steigerte sich ein zweites Mal, zog sich zusammen, bis sie explodierte und ihr Schrei des Höhepunkts von seinen Lippen aufgefangen wurde. Sie zitterte, als sie kam und immer wieder kam, der Orgasmus, der nicht enden wollte und sie erschlaffen ließ.

Erst dann blieb er tief in ihr und stieß ein Grunzen aus, als er kam, bevor er schwer atmend auf ihr zusammensackte.

Er blieb nicht lange auf ihr liegen. Er rollte sich ab und nahm sie mit sich, sodass sie auf seiner Brust lag. »Wow.«

»Sehr wow«, stimmte sie zu.

Mit einer Hand strich er träge ihren nackten

Rücken auf und ab. »Ich wusste, es würde gut werden ... aber verdammt.«

Sie kicherte. »Das war der Wahnsinn.« Sie hob den Kopf, um ihn anzusehen. »Wird es immer so unglaublich sein?«

Seine Mundwinkel zuckten. »Ich glaube, es wird nur noch besser werden.«

Er hatte recht. Ihre zweite Runde, bei der sie einander viel mehr erkundeten, war genauso intensiv.

Danach kuschelten sie. Sie wollte die Wärme seiner Umarmung nicht verlassen, auch wenn sie eigentlich ins Bett gehen wollte, damit Greta nicht allein aufwachen würde.

Stattdessen öffnete sie am nächsten Morgen die Augen und sah Greta neben Ares' Bett stehen, die von einem Ohr zum anderen grinste. »Ist Ares jetzt mein Daddy?«

KAPITEL NEUN

Ares hätte am liebsten geschrien: »*Ja, ich werde dein Vater sein*«, aber er wusste, dass es ihm nicht zustand, so etwas zu sagen.

Die arme Charly sah aus, als würde sie vor Verlegenheit vergehen. Ihr Gesicht wurde knallrot, als sie stammelte: »Äh, das heißt, ähm, nein, Ares ist nicht dein Vater.«

»Aber ihr schlaft doch im selben Bett, wie eine Mommy und ein Daddy«, erklärte Greta.

»Wir hatten eine Übernachtungsparty«, antwortete Charlotte mit erstickter Stimme.

Wohl kaum geschlafen, schnaubte sein Wolf.

»Darf ich heute bei euch schlafen?«, fragte die unschuldige kleine Prinzessin. »Wir können eine Deckenburg bauen.«

Ares wollte über Charlys Gesichtsausdruck lachen. Zeit, seine Geliebte zu retten. »Du willst doch nicht in meinem Zimmer schlafen. Ich schnarche wie ein Bär, weißt du noch? Und deine Mutter auch. Wir teilen uns nur ein Bett, damit du dich für den großen Tag, den wir geplant haben, ausschlafen kannst.«

»Oh.« Aber Greta, als Kind ohne Filter, fügte hinzu: »Wo sind eure Schlafanzüge hin?«

»Es war zu heiß«, quietschte Charly.

»Ich sag dir was, Prinzessin. Warum ziehst du nicht deinen Mantel an, und ich komme gleich runter, damit wir frische Eier zum Frühstück holen können.«

»Hühner. Juhu!« Sie huschte davon, und Charly zog sich die Decke über den Kopf und murmelte: »Das war peinlich.«

»Und wir haben es gemeistert. Obwohl wir vielleicht darüber nachdenken sollten, ihr eine Glocke umzuhängen, um uns zu warnen.«

Charly warf ihm einen finsteren Blick zu. »Nicht lustig.«

»Bei der Katze, die wir mal hatten, hat es funktioniert. So haben wir viele Vögel gerettet.«

»Ich wollte nicht mit dir einschlafen«, brummte sie.

»Aber es ist passiert, und ich habe es genossen.«

Eine Gefährtin gehört zu ihrem Männchen.
Ares stimmte vollkommen zu.

Charly hielt bei der Suche nach ihren Kleidern inne, um ihm über ihre Schulter ein sanftes Lächeln zu schenken. »Ich habe es auch genossen. Obwohl, wenn wir uns ein Bett teilen, sollten wir vielleicht anfangen, einen Schlafanzug anzuziehen.«

»Abgemacht!« Er hätte allem zugestimmt, um sie an seiner Seite zu haben.

»Apropos anziehen, du solltest dich besser beeilen, sonst kommt sie zurück.«

»Bin schon dabei.« Er sprang aus dem Bett und zog sich an. Er fand Greta an der Haustür, wo sie ihre Stiefel anzog. Gemeinsam betraten sie den beheizten Stall mit den gackernden Hühnern, die die Plünderung der Nester zuließen.

»Ares, sieh dir dieses große an!« Greta hielt ein übergroßes Ei hoch.

»Schön! Ich wette, daraus kann man guten Eierpunsch machen.«

»Machen?« Greta rümpfte die Nase. »Eierpunsch kauft man im Laden.«

»Ich mag meinen frisch. Später machen wir welchen mit den Eiern, die wir gesammelt haben, und wir werden Lottie, die Ziege, melken.«

»Oh, darf ich das mal probieren?«

»Natürlich, Prinzessin.«

Hand in Hand gingen sie in die Küche, wo sie Charly mit blassem Gesicht am Telefon vorfanden.

»Schau, Mama, so viele Eier.«

Charly lächelte schwach. »Das ist klasse, Süße.«

»Warum legst du die Eier nicht in den Behälter?« Er deutete auf das Tablett, das seine Mutter auf dem Tresen stehen hatte. Als Greta mit dem Korb wegging, trat er dicht an Charly heran. »Was ist los?«

Charly warf einen panischen Blick in Gretas Richtung. Er verstand die Andeutung. »Hey, Greta, ich habe Lust auf Erdbeermarmelade. Ich schaue mal, ob in der Speisekammer welche steht.«

»Mmm. Ich liebe Marmelade«, rief Greta und klatschte in die Hände.

»Charly, kannst du mir helfen, sie zu finden?«, fragte er, während er sie ins Zimmer zog und die Tür zuschwingen ließ. Erst dann flüsterte er: »Was ist denn los?«

Sie streckte ihr Handy zur Seite. »Ich habe gerade einen Anruf von meinem Vermieter bekommen. Anscheinend wurde letzte Nacht in mein Haus eingebrochen.«

»Scheiße.« Das Schimpfwort rutschte ihm heraus. »Wurde etwas mitgenommen?«

»Das konnte er nicht sagen, aber er sagte, das

Haus wurde verwüstet.« Ihre Lippen zitterten. »Wer würde so etwas tun?«

»Arschlöcher, die wahrscheinlich von der Evakuierung wegen des Feuers gehört haben«, lautete seine einfache Antwort. »Ich schaue mir den Schaden nach dem Frühstück an.«

»Nein, ich werde gehen. Ich werde mich bei der Arbeit krankmelden. Kannst du bei Greta bleiben? Ich will nicht, dass sie die Zerstörung sieht.« Sie umklammerte das Telefon so fest, dass ihre Knöchel weiß wurden.

Gutes Argument, nur wollte er nicht, dass Charly damit allein fertigwurde. Da Selene und Mom weg waren, blieb ihm nur eine Möglichkeit. »Lass mich meine Schwester Athena anrufen.«

»Wir können uns nicht aufdrängen –«

Er unterbrach sie. »Wir drängen uns nicht auf. Dies ist ein familiärer Notfall, und wenn du sagst, du gehörst nicht zur Familie, muss ich dir widersprechen.«

»Nur weil wir Sex hatten –«

»Liebe gemacht haben«, korrigierte er sie, woraufhin sein Wolf hinzufügte: *Gepaart.* »Und es ist mehr als das. Selbst wenn wir kein Liebespaar wären, würde ich uns immer noch als Freunde betrachten. Und Freunde helfen einander.«

»Es macht ihr nichts aus?«, fragte sie mit leiser Stimme.

»Lass es uns herausfinden.« Bevor er anrufen konnte, steckte Greta den Kopf in die Speisekammer. »Was dauert denn da so lange?«

Er griff nach einem Glas Marmelade und hielt es hoch. »Hab's gefunden! Ich muss meine Schwester anrufen, aber macht es dir etwas aus, mir zwei Stücke Brot zu toasten?«

»Mit Marmelade?«, fragte Greta.

»Aber ja. Erst Butter, dann viel Marmelade«, sagte er mit einem Zwinkern.

»Geht klar«, zwitscherte Greta.

»Ich helfe mit.« Charly folgte ihr zum Tresen mit dem Toaster, während Ares ins Wohnzimmer ging und seine Schwester anrief.

Athena nahm nach dem zweiten Klingeln ab. »Guten Morgen. Ist aber noch etwas früh für einen Anruf.«

»Du musst mir einen Gefallen tun.«

Ohne zu zögern, antwortete sie: »Sicher.«

»Einen seltsamen.«

»Okay.«

Er musste seine Schwester einfach lieben. Sie stellte keine Fragen und war einfach bereit zu helfen. »Du musst auf Greta aufpassen – sie ist das Kind meiner Freundin –, während ihre Mutter und ich uns den Schaden ansehen, den einige Vandalen über Nacht in ihrem Haus verursacht haben. Sie übernachten gerade auf der Farm, weil das Haus einer Nachbarin in Brand geraten ist und der Häuserblock auf Schäden untersucht wird.«

»Ich weiß«, sagte sie.

»Woher?«

»Mom, wer sonst? Es ist ja nicht so, als würde mein einziger Bruder jemals anrufen.«

Er räusperte sich. »Ich war beschäftigt.«

»Darauf wette ich. Was das Kind angeht, kann ich auf sie aufpassen, aber statt sie zu mir zu bringen, treffen wir uns an der Feuerwache in Arnprior.«

»Warum?«, fragte er.

»Weil dort eine Weihnachtsfeier für alle Kinder der Feuerwehrleute veranstaltet wird. Derek hat sich freiwillig gemeldet, um zu helfen. Oma hat einen Haufen Sachen dafür gebacken. Es wird gemunkelt, dass der Weihnachtsmann kommen soll.«

»Scheiße, das hört sich toll an. Lass mich das mit Charly besprechen.«

»Was mit mir besprechen?«, fragte sie, nachdem sie das Wohnzimmer betreten hatte.

»Athena will wissen, ob Greta zu der Weihnachtsfeier im Feuerwehrhaus gehen kann. Ihr Freund Derek hilft dort aus, und es wird Aktivitäten und so geben.«

»Wird sie ein Auge auf sie haben?« Charly kaute auf ihrer Unterlippe.

Athena hörte es. »Sag ihr, dass ich jeden beißen werde, der Hand an ihr Kind legt.«

Er änderte es in: »Sie sagt, sie wird Greta mit ihrem Leben beschützen.«

Charly nickte. »Okay. Um wie viel Uhr geht es los?«

»Um zehn«, antwortete Athena, »aber wir werden vor neun da sein, um alles vorzubereiten.«

»Okay, wir frühstücken, ziehen uns an und kommen dann rüber.«

Greta freute sich nicht nur auf die Party, sondern auch darauf, Ares' andere Schwester kennenzulernen. Auf der Fahrt übergab Charly ihrer Tochter ihr Handy mit der Anweisung, Ares anzurufen, wenn sie Angst hatte oder sich unwohl fühlte.

Greta verdrehte in echter Kindermanier, die ihre Teenagerjahre erahnen ließ, die Augen. »Ja, Mama. Ich komme schon klar.« Greta vielleicht schon, aber Charly war ein Wrack.

Ihr Gesicht blieb blass, als sie Athena kennenlernte. Ihr Lächeln war gezwungen, als sie sich von Greta verabschiedete und ihr viel Spaß wünschte.

Während sie zum Reihenhaus fuhren, hielt er Charlys Hand fest.

»Es wird schon gut gehen.«

»Nicht wirklich. Wir hatten schon so wenig.«

»Du bist nicht allein«, versprach er, während er ihre Finger drückte.

»Danke, dass du mit mir kommst. Ich bin im Moment so durcheinander.«

»Ich will nur sagen, dass du es besser machst als ich. Ich hätte mich wahrscheinlich betrunken.«

Sie schnaubte. »Eine typische Männerlösung.«

»Mach es nicht schlecht, bevor du es nicht ausprobiert hast.«

Sobald sie an ihrem Haus vorfuhren, war der Schaden sichtbar. Das vordere Fenster war zerbrochen – von innen, wie man an den Scherben auf dem Rasen sehen konnte. Rudolph war völlig zerstört worden, sein Kopf war vom Körper gerissen und dann zertreten worden.

Das Innere des Hauses sah aus, als hätte jemand alles mit einem Schläger zertrümmert. Kein einziges Möbelstück war unversehrt geblieben. In der Küche lagen Keramik- und Glassplitter herum. Der Kühlschrank war offen gelassen worden, und die wenigen Lebensmittel darin lagen auf dem Boden verteilt. Schranktüren waren abgerissen worden. Der Weihnachtsbaum war umgekippt und ...

Jemand hat den Baum markiert.

Auf keinen Fall. Er schnupperte ein zweites Mal. Sein Wolf hatte recht. Irgendein Arschloch hatte darauf gepinkelt.

Es war nicht das Einzige, das mit Urin getränkt

war. Charly stand da und starrte auf ihr Bett, in dessen Mitte sich ein Scheißhaufen befand, zusammen mit durchnässter Bettwäsche. Sie wurde totenbleich, als sie das Badezimmer betrat und auf dem Spiegel mit Lippenstift geschrieben *Hure* sah.

Charly stieß ein Wimmern aus.

Beschützen!, beharrte sein Wolf.

»Wir haben genug gesehen«, sagte er und zog sie an der Hand.

»Ich kann nicht gehen. Ich muss noch aufräumen und –«

»Alles ist Müll«, sagte er, schärfer als nötig. Schuld daran war seine ohnmächtige Wut auf die Vandalen, die seiner Charly wehgetan hatten.

Ihr traten Tränen in die Augen.

»Nicht weinen«, sagte er und milderte seinen Tonfall. »Ich wollte nicht wie ein Arschloch klingen. Ich bin wütend auf den, der das getan hat. Wer zum Teufel zerstört jemandes Haus?«

»Mir fällt da schon jemand ein«, murmelte sie leise.

Er starrte sie an. »Warte, du denkst, das war dein Ex?«

Sie zuckte mit den Schultern. »Es ist möglich. Ich meine, warum sollte ein willkürlicher Fremder so wütend sein?«

Dies war mehr als wütend, nämlich rachsüchtig und grausam.

Bevor er antworten konnte, hörten sie einen Mann von unten rufen: »Miss Dawson, sind Sie hier?«

»Ja, Mr. Rodriguez. Ich komme runter.«

Ares folgte Charly ins Erdgeschoss, wo ihr Vermieter mit verschränkten Armen stand. »Dieses Haus ist unbewohnbar.«

»Es tut mir leid. Ich konnte natürlich nicht ahnen, dass das passieren würde, als der Brandinspektor mich bat, das Haus zu verlassen, bis es überprüft wurde.«

»Nicht Ihre Schuld, aber das ...« Mr. Rodriguez machte eine Geste. »Das ist ein zu großer Schaden. Sie können hier nicht mehr wohnen.«

Ihr fiel die Kinnlade herunter. »Aber meine Miete ist bezahlt.«

»Ich werde Ihnen die Miete für diesen Monat erstatten und die des letzten Monats zurückgeben«, beharrte ihr Vermieter. »Es wird Wochen, vielleicht Monate dauern, das zu reparieren.«

»Er hat recht«, murmelte Ares leise. »Das ganze Haus muss entkernt werden.«

»Es sind nur noch wenige Tage bis Weihnachten. Wo soll ich denn jetzt hin?« Charly brach die Stimme.

»Musst du das wirklich fragen?«, erwiderte er.

Ihre Augen schimmerten vor Tränen und ihre Lippen bebten. »Das ist zu viel.«

»Nein, das ist es nicht. Ich helfe dir, Charly.«

Tatsächlich hielt er sie aufrecht, als ihr ganzer Körper am Rande des Zusammenbruchs zu stehen schien. Es half auch nicht, dass der Eindringling nichts unversehrt gelassen hatte. Die spärliche Kleidung, die sie nicht mitgenommen hatte, war ruiniert. Nicht nur zerrissen, sondern auch vollgepisst, und das von mehr als einer Person. Drei nach seiner Zählung. Die Geschenke, die sie in ihrem Schrank verstaut hatte? Zertrampelt und zerstört, was sie zitternd zurückließ. Er musste nicht fragen, um zu wissen, was sie dachte.

Was werde ich Greta zu Weihnachten schenken?

Was würde sie Greta sagen?

Nicht die Wahrheit. Ein so junges Kind wäre von einer solchen Gewalttat traumatisiert.

Sie verließen das Reihenhaus, wobei er sie mit einem Arm aufrecht hielt und sie den Kopf senkte, aber er blieb wachsam, und so entdeckte er den Mietwagen ein Stück die Straße hinunter. Auf dem Fahrersitz saß jemand.

Es könnte ein Zufall sein, aber seine aufgestellten Nackenhaare – und das geknurrte *Feind* seines Wolfes – sagten etwas anderes.

Er konnte denjenigen zwar nicht zur Rede stellen, nicht vor Zeugen und vor allem nicht vor

Charly, aber er konnte Vorsichtsmaßnahmen ergreifen, zum Beispiel dafür sorgen, dass er ihm nicht folgen konnte. Glücklicherweise war Charly zu erschöpft, um den Umweg zu bemerken, den er nahm, um die Person abzuschütteln. Es half, dass er aus Arnprior heraus nach Kanata fuhr.

Als er auf den Parkplatz von Toys R Us fuhr, hob sie schließlich den Kopf und murmelte: »Warum parkst du hier? Wir müssen Greta abholen.«

»Das werden wir, gleich nachdem wir dafür gesorgt haben, dass sie Geschenke unter dem Baum hat.«

»Welcher Baum?«, antwortete sie bitter.

»Der, den wir heute Nachmittag fällen und schmücken werden.«

Sie blinzelte ihn an.

»Er wird nicht so groß sein wie bei Chevy Chase, aber ich habe einen schönen, der im Wohnzimmer gut aussehen wird. Ich weiß, wo die Dekoartikel und Lichterketten sind. Aber ich denke, wir sollten Greta eine neue Dekoration besorgen, etwas Besonderes, das sie aufhängen kann. Oh, und wir müssen ihr eine Weihnachtsmütze besorgen. Wir haben schon ein paar zu Hause, aber ich würde ihr gern eine rosa Prinzessinenmütze schenken.«

Sie starrte ihn weiter an.

»Was? Gefällt dir die Idee mit der rosafarbenen Mütze nicht? Ich denke, wir könnten eine traditionelle rote oder grüne nehmen.«

Sie warf sich auf ihn, presste ihren Mund auf seinen und flüsterte: »Womit habe ich dich verdient?«

»Hast du jemals daran gedacht, dass es andersherum ist?«

»Ich werde es dir zurückzahlen«, versprach sie.

»Ach, hör auf. Hier geht es nicht um Geld. Ich habe genug auf der Bank. Es geht darum, dass das kleine Mädchen ein fantastisches Weihnachten erlebt. Bist du dabei?«

Endlich umspielte ein echtes Lächeln ihre Lippen. »Ja.«

Sie hielten sich bei Toys R Us nicht zurück. Als Charly die günstige Modepuppe kaufen wollte, bestand er auf der ausgefallenen Barbie Special Holiday Edition. Als sie bei drei Geschenken aufgehört hätte, lachte er. »Meine Prinzessin wird verwöhnt.« Und ihre Mutter auch, sie wusste es nur noch nicht. Obwohl er nicht viel Zeit hatte. Irgendwie bereute er es jetzt, Selene zu dieser Kreuzfahrt überredet zu haben. Er hätte sie als seine Weihnachtseinkäuferin gebrauchen können. Wenigstens hatte er Athena, die ihn wahrscheinlich verfluchen würde, wenn er sie in letzter Minute auf

Geschenksuche schickte, aber sie würde ihm verzeihen, wenn sie den Grund erfuhr.

Nach dem, was im Reihenhaus passiert war, konnte er die Mädchen nicht allein lassen. Er hatte Athena bereits eine SMS mit der Anweisung geschickt, Greta nicht aus den Augen zu lassen, zusammen mit einer kurzen Erklärung. *Jemand ist hinter Charly und der Prinzessin her. Vertraue niemandem außer der Familie.*

Ihre Antwort? Ein Wolfskopf.

Wer auch immer sich mit Charly anlegte, hatte es wirklich vermasselt, denn wenn es etwas gab, was man nicht tat? Die Gefährtin eines Wolfes und sein Junges anfassen.

Ja, sein.

Denn eine Sache war während der letzten Tage kristallklar geworden.

Charly war die Eine.

KAPITEL ZEHN

Charlotte hatte nicht die Kraft, gegen Ares und seine Extravaganz anzukämpfen. Wie sollte sie auch, wenn er Greta verwöhnen wollte? Stolz war eine Sache, aber ihrem Kind schöne Dinge zu verwehren? Ihr Ego trat in den Hintergrund. Greta hatte das verdient. Verdammt, das hatte sie auch.

Es hatte etwas in ihr zerbrochen, die Zerstörung in ihrem Haus zu sehen. Sie hatte sich in Sicherheit geglaubt. Falsch. Sie hatte gedacht, sie könnte neu anfangen. Falsch. Sie hatte gedacht, sie könnte es allein schaffen. Das konnte sie, aber es wäre einfacher, wenn sie einen Partner hätte. Sie war es leid, sich abzumühen. Sie wollte jemanden, an den sie sich in schweren Zeiten anlehnen konnte. Sie verdiente Sicherheit und Liebe.

Ja, Liebe. Sie konnte nicht leugnen, was zwischen ihr und Ares aufkeimte. Es war mehr als nur Anziehung. Es war um ein Vielfaches intensiver als das, was sie für Barry empfunden hatte.

Die Schnelligkeit, mit der sie sich in ihn verliebte, machte ihr Angst. Ihr Herz zu öffnen, ihn hereinzulassen, war eine Sache. Den Herzschmerz konnte sie – irgendwann – verkraften, aber was war mit Greta? Sie hatte bereits eine so starke Bindung zu ihm aufgebaut. Was, wenn Charlotte ihm fälschlicherweise vertraute und ihr kostbarer Schatz verletzt wurde?

Kaum vorstellbar, dass Ares so etwas tun würde, wenn man bedachte, wie begeistert er war, als er rosafarbenes Geschenkpapier mit Einhörnern aussuchte, auf denen der Weihnachtsmann ritt, oder als er einen Christbaumanhänger in Form einer Krone hochhielt, auf der der Name *Greta* eingraviert war.

»Du bist verrückt«, sagte sie und schüttelte den Kopf, als sie zur Kasse gingen.

»Ja. Und ich habe kein Problem damit.« Er ergriff ihre Hand. »Wir werden dafür sorgen, dass die Prinzessin das beste Weihnachten aller Zeiten hat.«

Nachdem sie ihre Einkäufe erledigt hatten,

fuhren sie zurück nach Arnprior. Sie bemerkte, wie er jedes Fahrzeug anstarrte, das sie passierten, und wie er immer wieder in den Rückspiegel schaute.

»Was ist los?«, fragte sie, denn das war nicht der entspannte Ares, den sie kennengelernt hatte.

»Nichts.«

»Ares ...« Sie benutzte ihren mütterlichen Tonfall.

Er gab sofort nach. »Vor deinem Haus hat ein Mietwagen geparkt, und er ist uns ein paar Blocks gefolgt, bevor ich ihn abgeschüttelt habe.«

»Was?« Das Blut in ihren Adern gefror.

»Es könnte nur ein Zufall gewesen sein. Arnprior ist kein großer Ort, also könnten wir in dieselbe Richtung gefahren sein.«

Sie krampfte die Finger zu Fäusten zusammen. »Was, wenn es ...« Sie konnte den Namen ihres Ex nicht aussprechen, weil es ihn wie in einem Horrorfilm heraufbeschwören könnte.

»Selbst wenn es so wäre, musst du dir keine Sorgen machen. Bei mir bist du sicher. Ich werde nicht zulassen, dass jemand dir oder Greta etwas antut.«

Sie wollte ihm glauben, aber Ares wusste nicht, wozu Barry fähig war. Sie selbst hatte seine dunkle Seite erst erkannt, als er sie und Greta aufgefordert hatte, bei ihm einzuziehen. Die Tatsache, dass er sich plötzlich entschlossen hatte, sie als seine Tochter anzuerkennen, war nicht der freudige Moment gewesen, den sie sich erhofft hatte; eher ein Albtraum.

Angesichts ihres Schweigens fügte er hinzu: »Im Ernst, Charly, ich will nicht, dass du dir deswegen Stress machst.«

»Du sagst einer Mutter, deren Kind in Gefahr sein könnte, dass sie sich nicht stressen soll?«, rief sie aus.

»Okay, mach du dir Stress. Ich sorge für unsere Sicherheit.« Er bog bei der Feuerwache ein und schaute sie an. »Ich weiß, das klingt blöd, aber du solltest versuchen zu lächeln, wenn Greta nicht merken soll, dass du dir Sorgen machst.«

Sie schenkte ihm ein wildes Grinsen. »Wie ist das?«

»Beängstigend.« Er lachte.

Sie seufzte. »Danke, dass du ehrlich bist.«

»Ich hatte überlegt, nichts zu sagen, aber du musst es wissen, damit du vorsichtig sein kannst. Nicht dass wir die Farm während der nächsten Tage verlassen würden. Die Wettervorhersage hat angekündigt, dass heute Abend ein großer Sturm aufzieht, der bis zum zweiten Weihnachtsfeiertag anhalten soll. Alles wird geschlossen sein, denn die Straßen werden ein Chaos sein und niemand wird irgendwo hinkommen.«

»Werden wir klarkommen? Müssen wir uns mit irgendetwas eindecken?«

»Wir kommen schon zurecht. Falls der Strom ausfällt, haben wir den Kamin, der uns warm hält, und jede Menge Kerzen. Ich bin ein Meister darin, Würstchen auf offener Flamme zu rösten.«

»Ich kenne einen besseren Ort, um sie zu rösten.« Die Worte rutschten ihr heraus, und er lachte.

»Meine ungezogene Charly.«

Meine? Es gefiel ihr, wie besitzergreifend er sprach. »Und es macht dir wirklich nichts aus, dass wir bei dir bleiben?«

»Nein. Ich schätze, ihr sitzt bei mir fest.«

»Wie schrecklich ...« Sie stieß einen dramatischen Seufzer aus.

»Autsch.«

Jetzt musste sie lachen. »Okay, vielleicht wird es nicht die totale Folter sein.«

»Du bringst mich hier um.«

Sie legte eine Hand auf seinen Oberschenkel und drückte ihn. »Ich weiß alles zu schätzen, was du für Greta und mich tust.«

»Und ich weiß es zu schätzen, dass du mich in dein Leben gelassen hast. Ich bin wirklich froh, dass wir uns getroffen haben, Charly.«

»Das bin ich auch.« Das war sie wirklich.

»Sollen wir die Prinzessin abholen und nach Hause bringen?«

Nach Hause. Das hörte sich gut an.

Sie betraten das Feuerwehrhaus mit schmetternder Weihnachtsmusik und fanden Greta, die sich bereit machte, die Stange nach unten zu rutschen. Trotz der herumliegenden Matten stand Athena unten, bereit, Greta aufzufangen, falls sie abrutschte.

Charlotte tat ihr Bestes, um nicht nach Luft zu schnappen und auszuflippen. Auf keinen Fall wollte sie den furchtlosen Geist ihrer Tochter bremsen, aber ihr Magen krampfte sich zusammen, als Greta quietschend hinunterrutschte.

Greta landete auf den Füßen und entdeckte sie sofort. »Mama!«, schrie sie und lief auf sie zu.

»Hallo, Süße. Hast du Spaß?«

Ein schnelles Nicken und ein breites Grinsen, gefolgt von einem Wortschwall. »So viel Spaß! Es gab Pizza und lila Saft und Chips. Und der Weihnachtsmann war auch da!«

Charlotte näherte sich Athena mit Ares an ihrer Seite. »Hi, danke noch mal, dass du uns mit Greta geholfen hast.«

»War mir ein Vergnügen. Sie ist ein absoluter Schatz.« Dann murmelte Athena: »Und mach dir keine Sorgen. Ares ist gut darin, diejenigen zu beschützen, die ihm am Herzen liegen.«

Charlottes Augen weiteten sich.

Ares räusperte sich. »Ich habe Athena von unserer möglichen Situation erzählt.«

»Nur damit du es weißt, es sind keine Fremden bei der Party aufgetaucht. Wir haben die Augen offen gehalten.«

»Danke.«

»Fahrt ihr zurück zur Farm?«, fragte Athena.

»Ja, wir werden uns einrichten, bevor der Sturm kommt.«

»Weißt du, wenn ihr einen sichereren Ort zum Bleiben braucht, bei den Kennedys gibt es jede Menge Platz. Oma und Opa haben überall Kameras, und falls der Strom ausfällt, gibt es einen Generator, der alles am Laufen hält.«

»Was ein Hinweis darauf ist, dass wir uns einen im Haus besorgen sollten. Ich weiß.« Ares schnitt eine Grimasse. »Die verdammten Dinger sind ganz schön teuer.« Er blickte Charlotte an. »Wir haben zwei kleine, aber die sind an die Scheune und den Hühnerstall angeschlossen, damit die Tiere bei einem Stromausfall nicht frieren.«

»Passiert das oft?«

»Wir sind auf dem Land, also öfter als uns lieb ist, aber normalerweise kommen wir gut damit zurecht. Aber bei all dem, was hier los ist, wäre es vielleicht keine schlechte Idee, zu Oma und Opa zu fahren.«

»Ich könnte mich nicht aufdrängen«, murmelte Charlotte.

Athena schnaubte. »Oh, mach dir keine Sorgen. Wenn du nicht willkommen bist, werden sie es dir direkt sagen. Aber ich garantiere dir, dass sie dich nicht rausschmeißen werden. Erstens mögen sie Ares, und zweitens sind sie trotz ihres widerborstigen Auftretens eigentlich sehr großzügige und fürsorgliche Menschen.«

»Das sind sie«, sagte Ares. »Ich werde nie vergessen, wie sie meiner Familie aus der Patsche geholfen haben, als wir unsere eigene Situation hatten.«

»Was ist passiert?«, fragte Charlotte.

»Ein paar widerwärtige Leute hatten es auf meine Schwestern abgesehen. Oma, Opa und ihr Enkel Derek haben uns geholfen, sie davon zu überzeugen, jemand anderen zu nerven.«

Charlotte hatte den Eindruck, dass er die Details beschönigte. Sie bezweifelte jedoch, dass die Leute, die seine Schwestern belästigt hatten, mit einem gewalttätigen Ex zu vergleichen waren, der sie töten würde, wenn sie ihm nicht gab, was er wollte. »Ich möchte ihnen keinen Ärger machen.«

Aus irgendeinem Grund musste Athena lachen. »Das wäre eigentlich das beste Geschenk, das du ihnen machen könntest. Oma und Opa lieben das Drama und sind auf die Apokalypse vorbereitet. Sie haben einen Bunker, der bis unter die Decke mit Vorräten gefüllt ist, nur für den Fall.«

»Ihr Haus ist wirklich sicherer als die Farm«, fügte Ares hinzu.

»Meinst du, wir sollten hingehen?«

»Ich möchte, dass du dich entspannen kannst, und ganz ehrlich, mit Athena, Derek, Oma und Opa, die ein Auge auf alles haben, kommt niemand an dich oder Greta heran.«

Die Sicherheit ihres Kindes war wichtiger als alles andere. Charlotte nickte. »Also gut, aber nur, wenn sie einverstanden sind.«

»Das werden sie sein. Ich lasse Oma wissen, dass ihr kommt, bis der Sturm vorbei ist und wir wissen, dass es im Haus Strom gibt.«

Ares warf einen Blick auf Athena. »Klingt gut. Kannst du Greta mitnehmen? Charly und ich fahren nach Hause, um ein paar Sachen zu packen und dafür zu sorgen, dass das Haus für den Sturm bereit ist, und kommen dann rüber.«

Nur Greta gefiel dieser Plan nicht. Nicht der Teil mit dem Schlafen in einem anderen Haus, obwohl sie sich darauf freute, einen neuen Ort zu sehen. Greta sah Ares an und schob die Unterlippe vor, als sie sagte: »Du hast gesagt, wir würden einen besonderen Baum fällen.«

Ares blickte Charlotte an. »Es wird nicht lange

dauern, ihn zu fällen und auf den Pick-up zu laden.«

»Und was ist mit den anderen Dingen, die erledigt werden müssen?«, konterte sie.

»Den Tieren müssen wir nur ihre Futterautomaten auffüllen, etwas Frostschutzmittel in die Abflüsse geben, das Wasser abstellen und ablaufen lassen. Wenn du uns ein paar Klamotten einpacken kannst, während ich das mache, dann sind wir in einer Stunde fertig.«

»Okay«, stimmte Charlotte zu.

»Juhu!« Greta klatschte.

Bevor sie Greta in den Wagen setzten, brachten Ares und Derek die Geschenke, die sie gekauft hatten, in Athenas Fahrzeug. Charlotte kam mit Greta heraus und sah, wie Ares mit seiner Schwester flüsterte, und fragte sich, warum Athena die Augenbrauen hob. Versteckte er etwas vor ihr?

Athena umarmte ihn und winkte dann Charlotte zu. »Wir sehen uns in ein paar Stunden.«

Greta plapperte dankenswerterweise ununterbrochen auf dem Weg zur Farm und bemerkte nicht, wie Ares immer wieder in den Rückspiegel schaute und einen größeren Umweg für den Rückweg nahm, selbst als die Wolken über ihnen sich verdunkelten.

Noch lag kein Schnee, aber die Schwere der

Wolken deutete darauf hin, dass es bald zu schneien beginnen würde.

Als sie am Haus ankamen, klatschte Ares in die Hände. »Wir werden mit meinem Pick-up zur Farm der Kennedys fahren. Erstens hat er Allradantrieb, und zweitens brauchen wir die Ladefläche hinten, um den Baum zu transportieren.«

»Kann ich helfen, ihn zu fällen?«, fragte Greta.

»Ja, aber zuerst müssen wir dafür sorgen, dass unsere tierischen Freunde für den Sturm gerüstet sind.«

Greta leistete ihm Gesellschaft, während Charlotte ihre Taschen packte. Sie stellte auch eine Tasche für Ares zusammen, die einen hässlichen Weihnachtspulli enthielt, den sie in seinem Kleiderschrank gefunden hatte. Die verderblichen Lebensmittel aus dem Kühlschrank wurden in eine Styropor-Kühlbox gepackt, die sie in der Speisekammer gefunden hatte. Sie stapelte alles an der Haustür und wartete.

Sie wartete ängstlich, als die ersten Flocken zu fallen begannen. Wahrscheinlich machte sie sich umsonst Sorgen. Selbst wenn Barry ihre neue Adresse herausgefunden hatte, würde er sie hier niemals finden, und selbst wenn, würde er nicht wissen, dass sie zu Dereks Großeltern gefahren waren.

Aber was war nach dem Sturm? Wo würden sie hingehen? Sie konnte nicht ewig von der Großzügigkeit anderer Leute leben.

Sie hörte Ares und Greta, bevor sie sie sah, da sie eine sehr laute Version von »Jingle Bells« sangen. Als sie auf die Veranda trat und sich selbst umarmte, konnte sie die beiden durch das Schneetreiben hindurch sehen. Greta mit ihren roten Fäustlingen, die auf der einen Seite einen Ast hielt, und Ares, der den abgesägten Baumstamm festhielt und das schwere Schleppen übernahm.

Ihr grinsendes Kind rief: »Wir haben den schönsten Baum gefällt, Mama.«

»Das sehe ich. Er wird perfekt sein«, stimmte Charlotte zu.

»Schau mal, ob deine Mama Hilfe braucht, während ich den hier auflade.« Ares schickte Greta ins Haus.

»Ich habe unsere Sachen schon fertig«, sagte sie zu ihrer Tochter. »Warum isst du nicht noch schnell etwas und gehst dann auf die Toilette, bevor wir losfahren?«

»Okay, Mama.«

Greta hüpfte davon, und Charlotte zog ihre Jacke und ihre Stiefel an, um beim Verladen der Sachen im Pick-up zu helfen. Die Kühlbox kam auf die Ladefläche unter die Äste. Die Taschen auf den Rücksitz, sodass ein Platz für Gretas Kindersitz frei blieb. Sie hatte ihn gerade befestigt, als Ares knurrte: »Geh ins Haus.«

»Was?« Sie sah ihn an und bemerkte, dass er die Einfahrt hinaufstarrte.

»Es kommt jemand. Geh ins Haus. Bleib von den Fenstern weg.«

Plötzlich verängstigt, setzte sie sich in Bewegung, obwohl sie sich davon zu überzeugen versuchte, in der Nähe zu bleiben und Unterstützung zu leisten. Aber Ares klang so ernst, und ganz ehrlich, was sollte sie schon ausrichten?

Wahrscheinlich war es nichts. Ares hatte dafür gesorgt, dass ihnen niemand folgte. Keiner wusste, dass sie hier war, nicht einmal jemand von ihrer Arbeit.

Trotz seiner Warnung hatte sie vor, vom Fenster aus hinter dem Vorhang zuzusehen, aber Greta rief nach ihr. »Mama, meine Hände sind zu klebrig, um das Wasser aufzudrehen.«

»Ich komme, Süße.«

Sie wusch Greta den Honig ab, den sie mit ihren Keksen gegessen hatte. Dann sorgte sie dafür, dass sie aufs Töpfchen ging. Als sie zur Vorderseite des Hauses zurückkehrte, war der Besucher schon weg, aber der grimmige Ares murmelte: »Es ist Zeit loszufahren.«

»Wer war es?«, fragte sie.

»Ärger.«

KAPITEL ELF

Ares blieb die ganze Zeit über in höchster Alarmbereitschaft, während er die Farm vorbereitete und mit Greta den Baum holte. Nachdem er die Tanne auf die Ladefläche seines Pick-ups verfrachtet hatte, hörte er einen Wagen in der Einfahrt. Das war an und für sich nicht verdächtig. Manchmal verirrten die Menschen sich oder mussten wenden. Moms Honigschuppen am Ende der Einfahrt führte auch dazu, dass manche sie nach der Schließung für die Saison suchten. Da Ares kein Risiko eingehen wollte, schickte er Charly vorsichtshalber hinein.

Gute Sache.

Das Fahrzeug, das ein paar Meter vor seinem Wagen zum Stehen kam, hatte die

Nummernschilder eines Verleihunternehmens. Es unterschied sich jedoch in Stil und Farbe von dem, das er am Morgen vor Charlys Haus gesehen hatte. Der Mann, der ausstieg, hatte Masse, die jedoch nicht von Muskeln, sondern Fett herrührte. Er war zwar nicht übergewichtig, aber sein Körper wies einige zusätzliche Polster auf. Dunkles Haar mit passendem Bart. Eine Holzfällerjacke über einem gestrickten Pullover. Jeans und Stahlkappenstiefel.

Sein Wolf knurrte. *Böse. Böse. Böse.*

Den Teil hatte er bereits herausgefunden.

Ares schlenderte in die Richtung des Fremden. »Kann ich Ihnen helfen?«

»Ich suche *Ares' Handgemachten Käse.*«

Die Erwähnung seiner Firma überraschte ihn. Er warb zwar für sein Geschäft, aber er gab keine Adresse an. Seinen Käse verkaufte er hauptsächlich auf Bauernmärkten und nach besonderer Vereinbarung über kleine Händler in der Gegend.

»Wer will das wissen?«

»Ich suche nach dem Besitzer. Ares McMurray.«

»Ich bin Ares.«

»Sie sind der Käsemacher?« Der Kerl musterte ihn grinsend. »Sie sehen nicht wie ein Weichei aus.«

Daraufhin zog er die Augenbrauen hoch. »Komisch, dass Sie das sagen. Ich dachte, Sie sähen aus wie ein Arsch, und jetzt hören Sie sich an wie einer.«

Bei dieser Beleidigung runzelte der Fremde die Stirn. »Versuchen Sie, jeden zu verärgern, der Ihren verkünstelten Käse kaufen will?«

»Nur die, die nicht hier sein sollten. Ich verkaufe keinen Käse von zu Hause aus, also frage ich mich, woher Sie meine Adresse haben.«

»War nicht allzu schwer zu finden, da Sie ja ein eingetragenes Unternehmen sind.« Eine Behauptung, die darauf hindeutete, dass der Kerl sich Mühe gemacht hatte.

»Was wollen Sie?« Ares gab nicht einmal vor, höflich zu sein. Irgendetwas an diesem Kerl brachte seinen Wolf zum Knurren. *Feind.*

»Ich bin auf der Suche nach einer Frau und ihrer Tochter. Meiner Frau, um genau zu sein. Wir hatten einen Streit, und sie ist weggelaufen.«

Ares verriet nichts in seiner Miene. »Ich bin sicher, dass es nichts mit Ihrer strahlenden Persönlichkeit zu tun hatte.«

»Legen Sie sich nicht mit mir an. Haben Sie sie gesehen?«

»Warum sollte ich sie gesehen haben?«, log Ares. »Ich bin Single und hoffe irgendwie, dass das so bleibt.«

»Ihre Visitenkarte wurde dort gefunden, wo sie wohnt.«

Bei diesem Eingeständnis legte er beinahe die wenigen Meter zurück, die sie noch trennten, damit er das selbstgefällige Gesicht des Mannes zertrümmern konnte. Dieses Arschloch war derjenige gewesen, der Charlys Haus verwüstet hatte.

Er hielt sich im Zaum. Schlagen würde zwar eine gewisse Befriedigung verschaffen, aber es würde seine Mädchen nicht in Sicherheit bringen.

Anstatt etwas zu verraten, spottete er über die Vermutung des Kerls. »Eine Menge Leute haben meine Karte. Ich verteile jeden Sommer Hunderte auf den Bauernmärkten.«

»Sagt der Typ, dessen Pick-up auf ihrer Straße gesehen wurde.« Der Mann warf einen Blick auf Ares' Fahrzeug.

»Wo wohnt Ihre Frau?«

»Arnprior.«

Ares schüttelte den Kopf. »Ich war seit etwa einem Monat nicht mehr in Arnprior. Und es tut mir leid, Ihnen das sagen zu müssen, aber mein Pick-up ist wohl kaum einzigartig.«

»Sie sollten mir nicht meine Frau und mein Kind vorenthalten«, warnte der Mann.

»Das würde mir im Traum nicht einfallen, aber ich habe sie nicht, und wenn Sie sie nicht finden können, gibt es vielleicht einen Grund dafür.«

Der Mann machte einen aggressiven Schritt in

seine Richtung. »Sie müssen aufpassen, was Sie sagen.«

»Oder was?« Ares zog die Schultern zurück und ließ ein gemeines Funkeln in seine Augen treten. »Wollen Sie mich schlagen? Nur zu. Aber seien Sie gewarnt, ich werde noch härter zurückschlagen.«

Viel härter.

Der Mann schürzte die Lippen. »Wenn ich herausfinde, dass Sie sie verstecken ...«

»Ach, verpissen Sie sich endlich. Ihre Frau und Ihr Kind sind nicht hier, und ich habe Besseres zu tun, als mich mit einem Arschloch herumzuschlagen.«

»Wollen Sie weg?«

»Das geht Sie einen Scheißdreck an. Und jetzt hauen Sie ab.«

Der streitlustige Mann stieg in seinen Wagen, eine Überraschung, denn Ares hatte wirklich gedacht, er würde sich prügeln. Das Arschloch fuhr rückwärts und wendete, bevor er davonfuhr und dabei Schotter und Schnee aufwirbelte.

Ares sah und hörte weiter zu, auch nachdem sein Wolf gesagt hatte: *Er ist weg.*

Er war weg, aber er hätte gar nicht erst herkommen sollen. Er hatte völlig vergessen, dass er Charly seine Visitenkarte gegeben hatte. Gut, dass sie nicht vorhatten zu bleiben. Obwohl sie irgendwann zurückkommen mussten. Selbst mit den Futterautomaten und den Heizungen würde er in etwa einem Tag wieder nach den Tieren sehen müssen. Bis dahin würde er etwas gegen das Arschloch unternehmen müssen.

Als die Mädchen herauskamen, konnte er nicht umhin, einen Blick auf die Einfahrt zu werfen. Hatte der Idiot außer Sichtweite geparkt? Würden sie in einen Hinterhalt geraten?

Ares sagte nur ungern etwas, aber Charly hatte ein Recht darauf, es zu erfahren. Als er sagte, dass sie Ärger hatten, wurde ihr Gesichtsausdruck zu diesem ängstlichen, panischen Blick, den er so sehr hasste.

Beschützen, heulte sein Wolf.

Ich versuche es ja.

»Was für Ärger?«, murmelte sie.

»Warte einen Moment, ich schnalle Greta an.« Er setzte die Kleine in ihren Kindersitz und reichte ihr ein Buch, das er an diesem Tag gekauft hatte, ein Wimmelbuch, über das sie staunte.

»Du bleibst hier drin, wo es schön warm ist, während deine Mutter und ich abschließen.«

Greta war bereits in das Buch vertieft, als er die Wagentür schloss.

»Wer war in dem Fahrzeug?«, zischte Charly.

»Dein Ex, nehme ich an, da er dich seine Frau genannt hat.«

Sie schnaubte. »Wir waren nie verheiratet. Wir haben nur ein Jahr lang zusammengelebt. Wir waren nicht einmal verlobt.« Als ihre Wut verblasste, flüsterte sie: »Er hat uns gefunden.«

»Das weiß er nicht. Er ist hergekommen, weil er meine Visitenkarte bei dir gefunden hat, und da habe ich ihm gesagt, dass er sich verpissen soll, dass ich dich nicht kenne.«

»Er wird nicht aufgeben.« Sie drehte sich in einem engen Kreis und rang die Hände.

»Mach dir keine Sorgen wegen dieses Arschlochs. Ich werde mit ihm fertig.«

»Das kannst du nicht. Du verstehst nicht, wozu er fähig ist.« Sie hielt inne, bevor sie herausplatzte: »Er hat Menschen umgebracht.«

Kein Wunder bei seiner brutalen Gangster-Gesinnung. »Und?«

»Und ich will nicht, dass du verletzt wirst.«

»Ach, Charly.« Er ergriff ihre Hände und zwang sie, seinen Blick zu erwidern. »Du brauchst dir keine Sorgen um mich zu machen. Ich garantiere dir, dass ich härter bin als dieser Scheißkerl.«

Viel härter. Und gemeiner. Bald ist Vollmond. Wir sollten sein Gesicht fressen.

Das würde er vielleicht tun, wenn es nur den verängstigten Ausdruck in ihrem Gesicht verjagen würde.

»Hörst du nicht zu? Ich sagte gerade, dass er Menschen getötet hat.«

Er drückte ihr einen Kuss auf die Nasenspitze. »Ich bin immer noch nicht besorgt, und du solltest es auch nicht sein. Habe ich schon erwähnt, dass Oma und Opa Scharfschützen sind? Oh, und sie haben ihr Grundstück mit Sprengfallen versehen, zusätzlich zu all den Kameras.«

»Ich will nicht, dass sie Barry erschießen und ins Gefängnis kommen.«

»Als würde die Polizei jemals eine Leiche finden«, spottete er und bemerkte zu spät, wie das klang.

Sie blinzelte ihn an.

Er lächelte. »War nur ein Scherz. Wenn dein Ex mit Gewaltabsichten kommt, dann haben wir das Recht, uns zu verteidigen.«

»In den USA vielleicht, aber wir sind hier in Kanada. Es ist wahrscheinlicher, dass du verhaftet wirst als er«, brummte sie.

Da hatte sie recht. Ihr Justizsystem könnte zu Gunsten von Kriminellen verzerrt sein. »Vielleicht wird er versuchen, durch den Wald zu kommen, und etwas noch Gemeineres wird ihn fressen.«

Der Hauch eines Lächelns umspielte ihre Lippen. »Schön wär's.«

Sie ahnte nicht, dass er es wahr machen konnte. Tierangriffe waren so nahe an der Stadt zwar selten, aber sie kamen vor, und wenn ein Fremder dummerweise einem Wolf begegnete und seinen Verletzungen erlag, nun ja, das war die Natur.

Zeit zum Jagen?

Bald. Sehr bald. Der Vollmond würde kommen, und obwohl er sich auch ohne ihn verwandeln konnte, würde er während seines Lichts am stärksten sein. Falls er sich davonschleichen könnte. In einem Haus voller Menschen wäre das vielleicht sogar einfacher. Er konnte immer die Ausrede benutzen, dass er nach der Farm sehen musste.

»Komm schon. Lass uns von hier verschwinden, bevor der Sturm noch schlimmer wird.« Während sie sich unterhielten, hatte der Schneefall zugenommen und bedeckte den Boden mit einer weißen Schicht.

»Ist es sicher zu fahren?«, fragte sie.

»Wir kommen schon klar. Es ist nicht allzu weit von hier.« Die Wahrheit, bei gutem Wetter.

Was weniger als vierzig Minuten dauern sollte, dauerte über eine Stunde. Während sein Pick-up mit Allradantrieb mit den glatten Straßenverhältnissen zurechtkam, taten die Fahrzeuge anderer Leute das nicht. Bevor sie die Fernstraße verließen, sahen sie drei Fahrzeuge im Graben. Zwei weitere mit Warnblinkanlage, als sie die Landstraße zum Haus von Oma und Opa erreichten. Aber das war nicht sein erstes Rodeo im Schnee. Sie kamen sicher an.

Ares sprang aus dem Wagen, aber bevor er Charly helfen konnte, stand sie im tiefen Schnee und sah sich um. »Große Farm.«

»Ja. Sie haben ein paar Hektar mehr als wir.« Vierzig mehr, um genau zu sein.

Er griff nach Charly, die mit einem Kichern in seine Arme glitt. »Ist das Athenas Haus?« Greta zeigte auf das Gebäude mit der umlaufenden Veranda.

»Irgendwie schon. Erinnerst du dich an Derek? Er ist hier bei seinen Großeltern aufgewachsen.«

»Ich habe keine Großmutter«, informierte Greta ihn.

»Nun, ich denke, Oma Kennedy wird sich freuen, wenn du sie als solche betrachtest, solange du hier bist.« Er zwinkerte ihr zu, als er sie auf den Boden setzte. »Geh schon mal hoch zum Haus, während ich unsere Taschen hole.«

Greta hüpfte fröhlich durch den Schnee, aber Charly reichte ihm eine Hand. »Bist du sicher, dass wir uns nicht aufdrängen?«

»Athena hat geschrieben, dass sie uns erwarten. Aber sei gewarnt, die Kennedys sind irgendwie verrückt.«

»Inwiefern verrückt?«

»Na ja, sie fluchen viel.«

Charly schnitt eine Grimasse. »Nicht ideal, aber ich kann damit umgehen.«

»Und sie reden gern über die kommende Apokalypse.«

»Du hast den Bunker erwähnt. Ich schätze, das macht sie zu Preppern.«

»Von höchster Güte. Außerdem bauen sie Cannabis an.«

Ihre Augen weiteten sich. »Gras?«

»Ja.«

Sie schürzte missbilligend die Lippen, und er fügte schnell hinzu: »Es ist völlig legal. Oma und meine Mutter arbeiten sogar zusammen. THC-haltiger Honig. Sie denken darüber nach, ihr Sortiment auszuweiten, da sie beide gern kochen.«

»Ich nehme keine Drogen.«

»Dies ist keine Drogenhöhle, ehrlich. Während Opa es wegen seiner Arthritis in Lebensmitteln zu sich nimmt, rührt Oma das Zeug nicht an.«

»Jetzt ist es wohl zu spät, nach Hause zu fahren«, murmelte sie.

»Es wird schon gut gehen. Du wirst sehen. Sie sind eigentlich ganz nett, wenn man mal davon absieht, dass Oma Derek den kleinen Bastard nennt.«

»Ist er nicht ihr Enkel?«

»Ja. Aber ich versichere dir, es ist ein Kosename.«

Charly seufzte. »Sonst noch was?«

»Du wirst Waffen sehen. Zum Schutz, du weißt schon, vor Bären und so.«

»Waffen.« Eine flache Wiederholung des Wortes.

»Mach dir keine Sorgen. Sie werden sie nicht dort haben, wo Greta mit ihnen spielen kann, und sie sind gesichert.«

»Greta weiß, dass sie sie nicht anfassen darf. Wir haben viel über Waffen gesprochen, nachdem ein Klassenkamerad in British Columbia sich versehentlich mit der Dienstwaffe seines Vaters erschossen hatte.«

»Meine Güte.«

»In der Tat.« Sie straffte die Schultern. »Okay, dann wollen wir mal.«

Sie marschierten zum Haus. Athena hatte Greta bereits hineingeführt und zeigte der Prinzessin, als sie eintraten, wo sie ihren Mantel aufhängen und ihre Stiefel abstellen konnte. Er konnte sich nicht erinnern, den kinderhohen Haken das letzte Mal gesehen zu haben, als er dort war.

»Der Sturm wird immer schlimmer«, bemerkte Athena und warf einen Blick nach draußen, bevor sie die Tür hinter ihnen schloss.

»Auf den Straßen sammeln sich bereits

Schneewehen und Idioten«, erwiderte er. »Wo ist Derek?«

»Draußen im Stall bei den Pferden. Er wollte ihnen noch etwas Hafer geben, und dann wird er eine Schnur von der Scheune zum Haus spannen, für den Fall, dass die Sicht morgen früh schlecht ist.«

»Pferde?« Greta schnappte das Wort auf, und Athena grinste, als sie in die Hocke ging.

»Ja. Wir haben auch eine Kuh für die Milch, Schweine und Hühner.«

»Ares hat Ziegen.«

»Ich weiß. Was glaubst du, wer die Schlafanzüge für sie kauft?« Athena zwinkerte.

»Was ist mit Rosy passiert?« Ares hatte sich daran gewöhnt, dass der alte Jagdhund ihn mit einem Wuff begrüßte.

»Regenbogenbrücke«, murmelte Athena.

»Verdammt, sie war ein guter Hund.« Ares hatte in seiner Kindheit keinen gehabt, weil seine Mutter sagte, sie habe schon genügend Hunde im Haus.

»Sollen wir zu Oma und Opa gehen?«, fragte Athena.

Greta nickte, aber sie ergriff die Hand ihrer Mutter, als sie das Wohnzimmer betraten.

»Wurde auch Zeit, dass ihr kommt. Opa wollte gerade das Schneemobil anwerfen und auf die Jagd nach euch gehen«, erklärte Oma von ihrem Thron aus, einem karierten Liegesessel. Die Fußstütze war hochgeklappt worden, um eines ihrer Knie zu schonen, das mit einer Bandage verbunden war.

»Hey, Oma, was ist mit dem Bein passiert?«, fragte Ares, als er sie sah.

»Hab's mir verdreht, als ich auf dem Eis ausgerutscht bin«, antwortete sie finster.

»Und sie will nichts gegen die Schmerzen nehmen«, fügte Opa von einem passenden Sessel aus hinzu. Die beiden mochten in den Siebzigern sein, wirkten aber jünger und verhielten sich auch so. Sie hatten das grau-weiße Haar des Alters und ein Gesicht voller Falten, aber beide blieben sehr aktiv.

»Oma, ich möchte dir meine Freundin Charlotte und ihre Hoheit, Prinzessin Greta vorstellen.«

»Hallo und danke, dass Sie uns in Ihr Haus eingeladen haben«, sagte Charly höflich.

»Ach, kein Problem. Wir haben genügend Platz, aber wir erwarten, dass jeder seinen Beitrag leistet«, erklärte Oma.

»Ja, Ma'am.«

»Nenn mich nicht Ma'am«, quietschte Oma. »Wir duzen uns hier. Ich bin Oma, das ist Opa.«

Opa grunzte.

Charly beugte sich hinunter und flüsterte Greta zu: »Sag Hallo.«

»Hi.« Die schüchterne Greta drückte sich hinter ihre Mutter.

»Ich kannte mal eine Greta«, erklärte Oma. »Sie liebte Kekse mit Schokoladenstückchen.«

Greta lugte hinter einem Bein hervor. »Ich auch.«

»Zufälligerweise habe ich alle Zutaten dafür in der Küche. Mit diesem kaputten Knie könnte ich Hilfe gebrauchen. Ich gehe nicht davon aus, dass du gern kochst?«

»Ich liebe es zu kochen.« Greta schenkte ihr ein Lächeln.

Als Oma sich vom Sessel erheben wollte, wollte Ares ihr eine Hand reichen und erntete einen bösen Blick, weil er es gewagt hatte.

»Ich bin noch nicht gebrechlich«, brummte Oma. Ihre Miene hellte sich auf, als sie an Ares vorbeihumpelte. »Komm mit mir, Schatz. Lass uns diese Kekse backen, und wir sollten ein paar für den Weihnachtsmann verstecken, sonst verschlingt Opa sie alle.«

Derek kam gerade herein, als Oma mit Greta den Raum verließ. Ares starrte geschockt, und Dereks Kinnlade fiel herunter, aber Athena kicherte.

Charlotte musterte sie verwirrt. »Stimmt etwas nicht?«

»Oma redet nie so nett«, stellte Derek fest.

»Oder ohne zu fluchen«, fügte Ares hinzu.

Athena grinste. »Da hat wohl jemand eine Schwäche für Kinder.«

»Das ist auch gut so, da du schwanger bist«, sagte Ares.

Athena schürzte die Lippen. »Sagt wer?«

»Als würde ich die Veränderungen an dir nicht bemerken«, schnaubte er.

Opa lachte. »Wir wussten es alle. Oma bestellt schon Sachen für das Kinderzimmer.«

Athena schüttelte den Kopf, lächelte aber, als sie ihren Bauch tätschelte. »Du wirst so verwöhnt werden.«

»Und ob sie das wird!« Ares rieb sich die Hände. »Onkel Ares wird ihr Liebling sein.«

»Wie kommst du darauf?«

»Ich habe Ziegen.«

»Selene hat Kaninchen«, bemerkte Athena.

»Ich mache Käse.«

»Ausgefallenen Käse. Kinder mögen das orangefarbene Zeug in Plastik oder im Glas«, gab Athena zurück.

»Da hat sie recht«, fügte Charly hinzu. »Greta liebt dieses verarbeitete Zeug.«

»Ich werde der Liebling sein«, beharrte Ares.

»Nein, das werde ich sein«, argumentierte Derek. »Sie wird Daddys Mädchen sein.«

»Ihr seid alle Idioten«, schimpfte Opa. »Sie wird Opas Engel sein, ihr werdet schon sehen.«

Charlotte lehnte sich dicht an ihn, während sie weiter stritten. »Das ist nicht das, was ich erwartet habe.«

»Besser oder schlechter?«

»Irgendwie großartig. Es ist offensichtlich, dass sich alle sehr nahestehen.«

»Familie hat nicht immer etwas mit Blut zu tun. Es geht darum, wen man tolerieren kann«, sagte er weise.

»Soll ich Oma helfen?«, fragte sie mit einem Blick in die Küche.

Athena hörte es und schüttelte den Kopf. »Du würdest dich mit Sicherheit bei Oma unbeliebt machen, wenn du das tust. Helfen ist nur auf Einladung. Warum bringen wir eure Sachen nicht auf eure Zimmer? Oma hat euch das Eckzimmer mit dem Doppelbett gegeben, und Greta ist gleich gegenüber im Hobbyraum mit dem Futon.«

»Es muss doch irgendetwas geben, was ich tun kann, um zu helfen«, beharrte Charly, als sie die Treppe hinunterkamen, nachdem sie ihre Taschen im Zimmer abgestellt hatten.

Opa räusperte sich. »Ich habe gehört, dass jemand einen Baum mitgebracht hat. Du könntest dich daran machen.«

Der Baum wurde am vorderen Fenster aufgestellt – nachdem sie den meisten Schnee von den Ästen geklopft hatten – und ein staubiger Karton mit Weihnachtsschmuck kam aus einem Schrank unter der Kellertreppe zum Vorschein.

Gleich nachdem sie den Baum mit Lichterketten umwickelt hatten, tauchte die strahlende Greta auf, die vorsichtig ein Tablett mit heißen Keksen balancierte. Oma, die das sanfteste Lächeln trug, das Ares je gesehen hatte, humpelte ihr hinterher.

»Das Mädchen ist ein Naturtalent als Köchin«, erklärte Oma, als sie sich wieder auf ihren Sessel setzte. Jeder nahm einen Keks oder zwei – oder drei, in Ares' Fall – und stimmte zu.

Zur Überraschung aller landete Greta auf Omas Schoß, wo die beiden die Köpfe zusammensteckten und besprachen, was sie an Heiligabend backen würden.

Charly lehnte sich an Ares und flüsterte: »Ich bin so froh, dass du mich überredet hast mitzukommen.«

Das war er auch, vor allem nachdem der Sturm einem großen Teil von Ottawa und Umgebung den Strom genommen hatte.

MEIN FREUND MARKIERT BÄUME

Als Greta ins Bett ging – nachdem sie Oma, Opa, Athena und Derek umarmt hatte –, wurde es ernst, denn Oma starrte Charly an und fragte unverblümt: »Wer ist das Arschloch, das dich und dieses süße Kind terrorisiert?«

KAPITEL ZWÖLF

Auf Charlottes schockierten Blick hin fügte Oma hinzu: »Ja, ich weiß, dass ihr bedroht werdet.«

»Es tut mir leid. Ich hätte nicht kommen sollen«, flüsterte Charlotte. Diese netten Leute hatten es nicht verdient, in ihren Schlamassel hineingezogen zu werden.

»Ach, hör doch auf mit dem Blödsinn. Natürlich solltest du hier sein. Dies ist der sicherste Ort, an dem du sein kannst. Also hör auf mit dem Unsinn und raus damit. Ares hat uns nicht viel erzählt, und ich würde die Details lieber von dir hören.«

Charlotte rang die Hände. »Es ist mein Ex. Er ist mir aus British Columbia gefolgt.«

»Ich nehme an, er ist ein beschissener Vater, da du versuchst, ihn von dem Kind fernzuhalten?« Oma nahm kein Blatt vor den Mund.

»Er hat sie im Alter von drei Monaten verlassen. Er behauptete, sie sei nicht von ihm, und als ein Vaterschaftstest ergab, dass sie es doch ist, nannte er sie *defekt*.« Charlotte ballte die Fäuste, als die vertraute heiße Wut sie erfüllte. »Mit Greta ist alles in Ordnung.«

»Ich nehme an, er hat seine Meinung geändert?« Athenas leise Bemerkung.

»Vor etwa acht Monaten tauchte er unerwartet auf. Er stürmte in unsere Wohnung und verlangte, Greta zu sehen. Sie war bereits zu Bett gegangen, und ich weigerte mich, sie zu wecken. Als ich ihn fragte, was er wolle, sagte er, ich solle sie ihm übergeben.«

»Das ist doch Wahnsinn«, schimpfte Athena. »Er kann doch nicht ernsthaft erwartet haben, dass du dich fügst.«

»Ich habe ihm gesagt, dass er verrückt ist und verschwinden soll, dass er seine elterlichen Rechte aufgegeben hat. Ich erinnerte ihn daran, dass er sie als defekt bezeichnete, und er grinste. Er sagte mir, er habe es sich anders überlegt und entweder würden wir zu ihm ziehen oder er würde Greta mitnehmen.«

»Kein Gericht hätte dem zugestimmt«, erklärte Derek.

»Er hatte nicht vor, es legal zu tun.« Sie hob eine Hand an ihre Wange. »Und er hat mir einen Vorgeschmack auf das gegeben, was mich erwartet, wenn ich nicht nachgebe.« Charlotte sah, wie Ares den Kiefer anspannte, als er vor Wut zu kochen begann. Ehrlich gesagt hatte die Ohrfeige zwar geschmerzt, aber nicht so sehr wie der Gedanke, Greta zu verlieren.

»Nach dem Angriff hast du British Columbia verlassen und bist hierhergekommen«, erklärte Derek.

»Nicht sofort. Ich hoffte, Barry zur Vernunft bringen zu können. Ich habe ihm Besuche unter Aufsicht am Wochenende angeboten, um ihn an ihr Leben zu gewöhnen.«

»Warte, du wolltest ihn sie tatsächlich sehen lassen?« Ares konnte seinen Schock nicht verbergen.

Charlotte zuckte mit den Schultern. »Er ist ihr Vater. Ich war es Greta schuldig, ihm eine Chance zu geben.«

»Er war mit dem Angebot nicht zufrieden«, mutmaßte Oma.

»Kein bisschen. Er wollte uns unter seiner Kontrolle haben. Und er bekam sie. Zwei Wochen lang.«

Ares versteifte sich. »Du hast zugestimmt, mit ihm zu leben?«

»Nicht ganz. Er hat uns entführt, uns in ein abgelegenes Haus im Wald gebracht und dafür gesorgt, dass wir nicht fliehen konnten.« Das war der härteste Moment in ihrem Leben gewesen. Eingesperrt in einem Zimmer, das sie nur unter Aufsicht verlassen durfte. Sie hatte ihr Bestes getan, damit Greta den Ernst ihrer Lage nicht erkannte, aber sie wusste es. Sie hatte nur wenig gelächelt. Die meiste Zeit verbrachte sie zusammengekauert auf Charlottes Schoß.

»Du bist offensichtlich entkommen«, stellte Athena fest.

»Durch einen glücklichen Zufall. Als er und seine Bande eines Abends ausgingen, habe ich die Türklinke des Zimmers abgeschlagen, in dem er uns gefangen hielt.« Sie verzog die Lippen, als sie trocken fortfuhr: »Ich konnte das Schloss nicht knacken. Zum Glück hasst er Banken. Ich habe ein paar Tausend in bar genommen und seinen Wagen gestohlen. Dann bin ich zum Busbahnhof gefahren und habe ihn dort stehen lassen. Dann nahm ich ein Taxi zum Bahnhof und buchte uns einen Platz.«

»Du hast ihn glauben lassen, du hättest einen Bus genommen«, murmelte Ares. »Clever.«

»Wir sind mit dem Zug und dem Bus gereist.«

Charlotte ging nun auf und ab. »Ich wollte eigentlich weiter nach Osten kommen, aber mein Notvorrat wurde zu knapp, also sind wir hier gelandet.«

»Wenn du sagst, dass dieses Arschloch gewalttätig ist, worüber reden wir dann?«, fragte Oma. »Wir wissen, dass er ein Stück Scheiße ist, das gern Frauen schlägt, was noch?«

Charlotte zögerte. »Er ist der Anführer einer Bande oder einer Sekte, je nachdem, wie man es sieht. Etwa ein Dutzend Männer und Frauen, die in einigen Hütten auf seinem Grundstück leben. Sie schüchtern die örtlichen Unternehmen ein und verlangen Geld.«

»Eine Schutzgeldmasche«, murmelte Derek.

»Es ist Erpressung, denn das Geld soll die Leute vor ihm und seiner Bande schützen.« Charlotte hielt inne und legte den Kopf schief, bevor sie zugab: »Er ist ein Killer. An dem Tag, an dem ich aus der Hütte geflohen bin, hat er mir seine verdorbene Seite gezeigt, weil er dachte, ich würde mich dann fügen. Die Opfer hatten nichts Falsches getan, sie hatten sich nur verlaufen, aber anstatt sie gehen zu lassen, haben ...« Sie schluckte schwer. »Er und seine Bande haben sie ermordet.« Die Erinnerung an das Flehen, das Blut, die Schreie verfolgten sie noch immer.

»Ich habe Charlys Ex getroffen«, verkündete

Ares. »Er kam zur Farm, bevor wir losgefahren sind. Es sieht nicht so aus, als sei er uns hierher gefolgt, aber er ist so, wie man es erwarten würde. Ein großer, brutaler Rüpel.«

»Hat er seine Bande mitgebracht?«, fragte Derek.

Charlotte zuckte mit den Schultern. »Ich weiß es nicht. Vielleicht.«

»Er fuhr einen Mietwagen, was bedeutet, dass er hergeflogen ist«, fügte Ares hinzu.

»Ich kann mir nicht vorstellen, dass es so kurz vor Weihnachten billig war, noch spontan einen Flug zu bekommen, also nehme ich an, dass er nur ein paar seiner Leute mitgebracht hat, es sei denn, er ist bereit, eine Menge Geld zu verschwenden. Er konnte zwar keine Waffen durch die Sicherheitskontrolle bringen, aber es wäre nicht so schwer für ihn, etwas auf dem Schwarzmarkt zu kaufen«, mischte Athena sich ein.

Charlotte betrachtete sie alle. »Ihr nehmt das alles sehr gelassen.« Vernünftige Leute hätten sie aufgefordert, die Polizei zu rufen oder zu verschwinden, um ihren Ärger nicht vor der Haustür zu haben.

Omas Blick war hart, als sie zischte: »Ich bin nicht ruhig. Der Gedanke, dass irgendein Arschloch versucht, diesem süßen Baby etwas anzutun, sorgt dafür, dass ich den Wichser am liebsten jagen und ihm eine Kugel zwischen die Augen verpassen möchte.«

Charlottes Augen weiteten sich, und Ares ergriff ihre Hand. »Ich weiß, das klingt hart, aber die Realität ist, dass man Typen wie deinen Ex nicht mit Worten abschrecken kann.«

Einverstanden, aber trotzdem, Mord? »Du hast ihn heute Morgen damit verjagt«, erinnerte sie ihn.

»Weil er sich nicht sicher war, ob du bei mir warst, und ich vermute, weil ich härter war, als er erwartet hatte. Wahrscheinlich wird er mit ein paar seiner Schläger zurückkommen, um herauszufinden, ob ich gelogen habe.«

»Schade, dass die Straßenverhältnisse so beschissen sind. Wir hätten uns auf die Lauer legen können«, beklagte Derek sich.

»Vielleicht verschwindet er, wenn er mich nicht finden kann.« Charlotte hoffte immer noch auf ein Wunder.

»Stell dich doch nicht plötzlich dumm«, schimpfte Oma. »Dieser Mann ist dir nicht bis hierher gefolgt, um aufzugeben. Wir müssen uns vorbereiten. Wir werden dich mit einer Waffe ausstatten.«

»Aber ich weiß nicht, wie man damit schießt«, quiekte Charlotte.

»Es nennt sich zielen und abdrücken. Selbst wenn du danebenschießt, wird es Lärm machen und andere zu Hilfe holen«, antwortete Oma trocken.

»Und wenn ich jemanden treffe?«, fragte Charlotte mit leiser Stimme.

»Ich weiß, wie man Blut so entfernt, dass die Polizei keine Spuren findet.« Oma setzte ein geheimnisvolles Lächeln auf.

»Ich will niemanden umbringen, und ich will auch nicht, dass jemand wegen Mordes verhaftet wird«, rief Charlotte aus.

»Das ist kein Mord«, erklärte Oma. »Es ist das, was nötig ist, um dich und das süße Mädchen zu schützen. Und mach dir keine Sorgen, dass wir erwischt werden. Sie können uns nicht wegen Mordes anklagen, wenn sie keine Leiche haben.«

»Nun, es ist zweifelhaft, dass er uns hier finden wird«, sagte Charlotte, mehr um sich selbst zu überzeugen. »Ich sollte ins Bett gehen. Greta steht früh auf.«

»Das tun wir auch.« Oma stemmte sich auf die Beine und humpelte zu Charlotte. »Unsere Methoden mögen dir vielleicht nicht gefallen, aber wir werden dich beschützen.«

Damit gingen alle in ihre Zimmer, wobei das, das sie mit Ares teilte, nicht sehr groß war. Der größte Teil des Raumes wurde von dem Doppelbett eingenommen, das mit einer dicken Patchworkdecke bezogen war. Obwohl die

Müdigkeit an ihr zerrte, legte Charlotte sich nicht hin. Sie ging auf und ab.

»Ich hätte nicht kommen sollen. Oh Gott, was ist, wenn Barry hierherkommt und ihnen wehtut?«, jammerte sie.

»Lass Oma dich nicht hören. Sie wird dir eine Ohrfeige verpassen.« Ares bemühte sich um lockere Worte, aber sie wirbelte mit bebenden Lippen herum.

»Barry wird jeden umbringen, der sich ihm in den Weg stellt.«

»Du gehst davon aus, dass wir leicht zu töten sind. Ich kann dir jetzt schon sagen, dass wir das nicht sind.« Ares schlang die Arme um sie. »Ich wünschte, du hättest mir gesagt, was er mit dir gemacht hat. Ich meine, ich habe geahnt, dass es schlimm war, aber Herrgott, Charly. Du hast Glück, dass du noch lebst.«

»Dessen bin ich mir bewusst.«

»Du weißt, dass er nicht aufgeben und verschwinden wird. Er wird hinter dir und Greta her sein, solange er lebt.«

»Ich denke jede Sekunde eines jeden Tages daran«, flüsterte sie gegen seine Brust.

»Dann weißt du, dass es nur einen Weg gibt, ihn aufzuhalten.«

Was er andeutete ... »Vielleicht wird er verhaftet«, war ihre schwache Antwort.

»Heutzutage ist es wahrscheinlicher, dass er einen Klaps auf die Finger bekommt, als ins Gefängnis zu gehen.«

Wie wütend würde Barry sein, wenn er ihretwegen ins Gefängnis käme? »Wie kannst du nur so ruhig darüber reden? Ihr habt alle so getan, als sei es etwas Alltägliches, Menschen zu töten.«

»Für mich nicht, aber Oma und Opa haben in einem Krieg gekämpft. Ich habe dir gesagt, dass sie nicht wie andere Leute sind.«

»Werden sie Barry wirklich töten, wenn er auftaucht?«

»Höchstwahrscheinlich. Sie wissen, dass es nur einen Weg gibt, mit dieser Art von Mann umzugehen. Die Tatsache, dass sie entschlossen sind zu handeln, ist ein Kompliment. Sie mögen nicht viele Menschen, und doch hast du sie bereits für dich gewonnen.«

»Du meinst wohl Greta.«

»Oma hat auch Gefallen an dir gefunden. Sie ist sonst nicht so sanftmütig und höflich.«

Ihre Augen wurden groß. »Das war höflich?«

»Du solltest sie mal hören, wenn sie sie selbst ist. Dann heißt es: ›Scheiß hierauf. Scheiß darauf.‹ Sie war so nett, dass sie Derek kein einziges Mal ›der kleine Bastard‹ genannt hat.«

»Sie sind gute Menschen, aber ich meinte, was

ich sagte. Ich will nicht, dass sie meinetwegen in Schwierigkeiten geraten.«

»Ich würde sagen, die Wahrscheinlichkeit, dass dein Ex auftaucht, ist gering, also würde ich mir keine Sorgen machen. Aber wenigstens weißt du, dass sie vorbereitet sind, also kannst du in Ruhe schlafen. Niemand wird Hand an Greta legen.«

Das war wahrscheinlich das Einzige, was sie davon abhielt zu fliehen. Diese Leute sorgten sich wirklich um sie und wollten sie beschützen. Und um die Wahrheit zu sagen, auch wenn das offene Gespräch unangenehm war, hatten Ares und die anderen nicht ganz unrecht. Jetzt, da Barry beschlossen hatte, dass er Greta wollte, würde ihn nichts mehr aufhalten außer der Tod. Ein schrecklicher Gedanke, denn er war der Vater ihres Kindes. Ein Dreckskerl, der ein kleines Mädchen, das etwas Besseres verdient hatte, traumatisieren würde. Ein Mann, der sie höchstwahrscheinlich umbringen würde, sollten sie sich jemals wiedersehen.

»Du denkst zu viel«, murmelte Ares gegen ihren Kopf, während er sie festhielt.

»Kannst du mir das verübeln?«

»Nein, der Stress wegen der Situation ist verständlich. Gut, dass ich etwas habe, das das beheben wird.«

»Schlaftabletten?«

»Nein, etwas Besseres. Du musst dich nur erst ausziehen.«

Ihr fiel die Kinnlade herunter. »Das kann doch nicht dein Ernst sein.«

»Sehr wohl. Schwing deinen Hintern auf das Bett und mach dich bereit für die beste Massage deines Lebens.«

Sie wollte widersprechen. Wollte sich weiter quälen. Stattdessen zog sie sich aus und legte sich mit dem Gesicht nach unten auf das Bett.

Ares fing an, ihre Muskeln zu kneten. Er löste die Knoten. Er entspannte jeden Zentimeter von ihr, bis sie etwas anderes als Stress empfand. Als sie sich umdrehte und nach ihm griff, war er bereit.

Zu ihrer Überraschung löste das Liebemachen sogar noch mehr von ihrer Anspannung. Nach einem intensiven Orgasmus kuschelten sie sich aneinander, gemütlich unter den vielen Decken, auch wenn ihnen zu heiß war. Die Holzöfen im Haus sorgten für angenehme Temperaturen.

Ares schmiegte sich von hinten an sie, wobei ihre Schlafanzüge – auf denen sie bestanden hatte – dieser kuscheligen Intimität nicht wirklich im Wege standen. Sie schlief ein und wachte auf, als Greta sie anstrahlte.

»Mama, wach auf und sieh dir den ganzen Schnee an.«

So viel Schnee. Sie hatten über Nacht vierzig

Zentimeter bekommen, und es schneite immer noch.

Es hätte erschöpfendes Schneeschaufeln bedeuten können, aber nach einem unglaublichen Frühstück – Bratkartoffeln, Pfannkuchen, Speck, Würstchen, Toast, Eier und sogar frisch gepresster Orangensaft – brachte Derek den Traktor mit dem Pflug in Gang, und die Jungs tuckerten abwechselnd die Einfahrt hinauf und hinunter. Greta jubelte, als sie mit ihr eine Runde auf dem Traktor drehten.

Greta spielte stundenlang draußen, und das taten auch Ares und Derek. Sie bauten ihr eine gigantische Schneefestung und ein Schneelabyrinth, um dorthin zu gelangen.

Charlotte zog es vor, drinnen zu bleiben, und verbrachte, nachdem sie aus der Küche gescheucht worden war, viel Zeit damit, am Fenster zu stehen und zu beobachten.

Sie machte sich Sorgen.

Betete sogar.

Bitte, lass nicht zu, dass jemand mir meinen Schatz wegnimmt.

KAPITEL DREIZEHN

Ares konnte sehen, dass Charlotte sich Sorgen machte. Zum Glück sah Greta das nicht. Andererseits hielten sie sie auf Trab. Der viele Schnee, der sich gut formen ließ, eignete sich perfekt zum Bauen und ...

»Schneeballschlacht!« Athenas Warnung, bevor ihr Wurf ihn mitten im Gesicht traf.

»Zur Festung, Prinzessin«, rief Ares, während er Greta unter einen Arm nahm und in Deckung ging.

Greta kicherte, als sie sich hinter die Schneewand kauerten, um dem nächsten Geschoss auszuweichen. »Das macht Spaß.«

»Das ist Krieg«, sagte er und wackelte mit den Augenbrauen.

»Ich mache Schneebälle, die du werfen kannst.« Sie begann, das kalte, nasse Zeug zu schaufeln und zu klopfen.

»Gute Idee.« So schnell wie Greta sie machte, warf Ares sie nach seiner Schwester, die lachend im Freien stand.

Derek hingegen blickte finster drein.

»Was ist los, Brummbär?«, fragte Athena.

»Du bist schwanger!«

»Und? Die Ärzte sagen, Bewegung ist gut.«

»Bewegung ja, aber nicht mit Schnee beworfen zu werden«, beharrte ihr Gefährte.

»Bah, Ares wirft wie ein Mädchen.«

Ares stand auf. »Da hat er recht, Schwesterherz. Schwangere und Kinder sollten tabu sein.«

»Okay.« Athena lächelte schelmisch. »Aber weißt du, wer das nicht ist?«

Sie wirbelte herum und traf Derek mit einem Schneeball an der Brust.

Er blickte auf den weißen Fleck. »Ernsthaft?«

»Geh lieber in Deckung, Zuckerpflaume, denn du wirst untergehen.«

Anstatt sich zu verstecken, pirschte Derek sich an Athena heran, die immer wieder nach Schnee griff und ihn warf. Sie schaffte es dreimal, bevor Derek nahe genug herankam, um sie zu packen und ihr Schnee in den Kragen ihrer Jacke zu schieben.

»Igitt!«, schrie Athena. »Das ist kalt.« Als er sie einseifen wollte – was für die Unwissenden bedeutete, jemandem Schnee ins Gesicht zu reiben –, rief sie: »Ich gebe auf! Du hast gewonnen.«

»Als gäbe es irgendwelche Zweifel.« Derek grinste. »Wenn das Baby erst einmal geboren ist, können wir fantastische Schneeballschlachten machen. Aber bis dahin ... beweg deinen süßen Hintern ins Haus und wärme den Fötus auf. Ich wette, Oma hat einen heißen Kakao parat.«

»Kakao!« Ares verlor seine Schneeball-Partnerin, als Greta loslief, um ihn zu suchen, und mit Athena das Haus betrat.

Derek blieb zurück. »Glaubst du, der Scheißkerl wird auftauchen?«

»Ich würde sagen, es besteht eine Chance. Er ist gerissener, als ich gedacht hätte. Er hat meine Visitenkarte bei Charly gefunden und meine Adresse ausfindig gemacht.«

»Klingt eher, als hätte er Glück gehabt. Er wird nichts von Omas und Opas Farm wissen.«

»Angenommen er ist mir nicht gefolgt. Angenommen er findet nicht heraus, dass Athena mit dir zusammen ist. Angenommen auf der Farm gibt es nichts, was unseren Standort verraten würde.« Ares hatte sich den Kopf zerbrochen, ob sie vielleicht einen Hinweis hinterlassen hatten.

»Weißt du, ich hasse es wirklich, wenn die Bösen den ersten Schritt machen.«

»Woran denkst du?«, fragte Ares.

»Wie stehen die Chancen, dass er jetzt, da der Sturm sich gelegt hat, zu deinem Haus zurückkehrt, um Ärger zu machen?«

»Das hängt davon ab, ob er denkt, dass ich vorher gelogen habe.«

»Wir könnten hinfahren und nach dem Rechten sehen«, schlug Derek vor.

»Die Straßen sind beschissen und werden es noch stundenlang sein.« Das sprach gegen und für sie, denn es bedeutete, dass Barry Schwierigkeiten haben würde, sich fortzubewegen.

»Als würden wir irgendetwas mit Rädern fahren«, spottete Derek.

»Du meinst, wir nehmen Schneemobile?« Ares rieb sich das Kinn. »Wenn wir querfeldein fahren, wären wir in angemessener Zeit dort. Die Frage ist, ob wir beide gehen sollen. Ich lasse die Mädchen nicht gern ungeschützt.«

Derek schnaubte. »Willst du das Athena ins Gesicht sagen? Wenn ihre Hormone verrücktspielen, ist sie gefährlicher als wir beide zusammen. Ganz zu schweigen davon, dass Oma dich erschießen könnte, wenn du auch nur andeutest, dass sie nicht mit einer Bedrohung umgehen können.«

Ein reumütiges Grinsen umspielte Ares' Lippen. »Gutes Argument. Sollen wir nach dem Mittagessen losfahren? Dann haben wir genügend Zeit, um dorthin zu kommen, zu sehen, ob jemand herumgeschnüffelt hat, und rechtzeitig zum Abendessen zurück zu sein.«

»Klingt nach einem Plan.«

Als sie hineingingen, wartete heiße Schokolade auf sie, selbst gemacht und mit Marshmallows verziert. Der Stromausfall hatte Oma nicht daran gehindert, mit ihrem Gasherd zu kochen. Das warme Haus machte ihm die Entscheidung, eine kalte Fahrt im Schnee zu machen, nicht leicht, vor allem nachdem er sich den Bauch mit einer herzhaften Suppe und Käsetoast vollgeschlagen hatte.

Zeit für ein Nickerchen, schlug sein Wolf vor.

Noch nicht.

Ares wollte sehen, ob Barry zur Farm zurückgekehrt war und auf der Lauer lag. Was, wenn der Scheißkerl sein Haus verwüstet hatte? Hoffentlich würde das Arschloch nicht in die Nähe der Tiere gehen. Das war der einzige Stolperstein bei dem Plan gewesen, zu Oma und Opa zu fahren und sich dort zu verstecken. Alles konnte ersetzt werden, aber die Tiere, für die sie verantwortlich waren, konnten sich nicht wehren.

Er nahm Charly beiseite, um ihr von seinem

und Dereks Plan zu erzählen, die Farm zu besuchen, aber er stellte es so dar, dass sie nach dem Viehbestand sehen wollten und nicht, ob Barry zurückgekehrt war.

Sie schürzte die Lippen. »Ist es sicher? Ein weiterer Sturm ist auf dem Weg zu uns.«

»Er soll erst nach dem Abendessen aufziehen. Wir haben also genügend Zeit, um rauszufahren, nach dem Rechten zu sehen und zurückzukommen.«

Sie erwähnte Barry. »Was ist, wenn *er* dort ist?«

»Das bezweifle ich. Sein Mietwagen hat keinen Allradantrieb. Wenn er es überhaupt versucht, würde er stecken bleiben, da unsere Straße als eine der letzten geräumt wird.« Das Leben auf dem Lande hatte eben auch seine Nachteile. »Und bevor du fragst, er hat keine Ahnung, dass wir hier sind. Aber selbst wenn er durch einen seltsamen Zufall auftauchen sollte, geh einfach in den Bunker. Da kommt er auf keinen Fall an dich ran. Lass ihn schmoren und wir werden uns um ihn kümmern, sobald wir zurück sind.« Wenn der Bunker einmal versiegelt war, konnte er von außen nur mit schwerem Werkzeug geöffnet werden.

Charly warf die Arme um seinen Hals. »Sei vorsichtig.«

»Mach dir keine Sorgen um mich. Ich komme

schon klar. Geh du und amüsiere dich mit der Prinzessin. Ich bin im Handumdrehen wieder da.«

»Oma hat gesagt, ich könnte die Assistentin der Souschefin sein. Ich kann nicht glauben, dass mein Kind in der Küche einen höheren Rang einnimmt als ich.« Charly schnitt eine Grimasse.

Ares grinste. »Du kannst dich glücklich schätzen, dass Oma dich überhaupt in ihr Reich lässt. Ich habe dir doch gesagt, dass sie dich mag.«

»Wenn du das sagst.« Sie küsste ihn, eine sanfte, anhaltende Umarmung, in der sie murmelte: »Komm zu mir zurück.«

»Immer.«

Gerade als sie sich zum Gehen bereit machten, klingelte Ares' Telefon.

Selene rief an.

»Hey, kleine Schwester. Wie geht's dir in den Tropen?«

»Wir haben es nicht einmal geschafft abzuheben«, verkündete sie.

»Was?«

»Der Flug hatte Verspätung und der Sturm zog auf, bevor wir zu unserer neuen Zeit abheben konnten. Er wurde storniert und auf heute Morgen umgebucht, aber dann funktionierte auch das nicht.«

»Warum hast du mich nicht angerufen?«, rief er aus.

»Weil du dir dann Sorgen gemacht hättest, was denn sonst?«

»Ich mache mir Sorgen. Die Straßen sind beschissen. Bleibt in einem Hotel, bis sie geräumt sind.«

»Du bist witzig.« Sie lachte. »Wir sind schon zu Hause. Allradantrieb, Baby. Ein kleines bisschen Schnee hätte mich nicht aufgehalten.«

»Ihr seid im Haus.« Derek hörte Ares und warf ihm einen scharfen Blick zu.

»Ja. Wo denn sonst? Obwohl ich mich schon frage, wo du bist.«

»Bei Oma und Opa. Sie haben uns eingeladen, Weihnachten bei ihnen zu verbringen, weil sie einen Generator haben.«

»Wir sollten uns wirklich einen eigenen für unser Haus zulegen. Unglaublich, dass deine Ziegen und Hühner sich warm halten können, während wir uns mit dem Holzofen im Wohnzimmer begnügen.«

Da er nicht wusste, wie er das Thema behutsam ansprechen sollte, platzte er heraus: »Hast du irgendwelche Anzeichen dafür gesehen, dass jemand herumgeschnüffelt hat?«

»Nein. Wer wäre denn so verrückt, bei diesem Wetter draußen zu sein?«

»Charlys Ex. Er kam gestern vorbei, um sie und Greta zu suchen. Ich habe ihn weggeschickt, aber ich bin mir nicht sicher, ob er mir geglaubt hat, als ich sagte, ich würde sie nicht kennen. Ich wollte gerade rüberfahren, weil ich befürchtete, er könnte zurückgekommen sein und unser Haus verwüstet haben, so wie er es bei Charly getan hat.«

»Geht es Charly und Greta gut?«

»Ja, sie sind in Ordnung. Er hat sie nicht gesehen, aber ich glaube nicht, dass er so schnell aufgeben wird.«

»Ich verstehe, warum ihr zu Oma gefahren seid. Sie wird ihn einfach erschießen, sollte er auftauchen. Aber du kannst dich entspannen. Hier sieht es gut aus. Ich habe keine Spuren gesehen, aber wir sind auch erst seit etwa zwanzig Minuten zu Hause. Ich habe nur angerufen, um dir zu sagen, dass wir hier sind und nicht auf einem Schiff, bevor ich nach den Tieren sehe.«

»Sei vorsichtig.«

»Im Gegensatz zu dir bin ich das immer.«

Derek gab ihm ein Zeichen und murmelte: »Lade sie zu uns ein.«

»Hey, wollt du und Mom hierherkommen?«

»Hast du mir nicht gerade gesagt, dass die Straßen beschissen sind?«

»Du hast doch gerade gesagt, dass dein Wagen damit zurechtgekommen ist.«

»Ist er auch, aber es war riskant«, gab sie zu.

»Wir wollten gerade mit ein paar

Schneemobilen rüberfahren. Es sind Zweisitzer, also könnten wir euch zurückbringen.«

»Ha, kannst du dir Mom auf einem Schneemobil vorstellen?« Selene kicherte.

Mom musste zugehört haben, denn sie rief: »Du sollst wissen, dass ich als Teenager viel gefahren bin.«

»Damals, als die Schlitten noch von Pferden gezogen wurden«, schnaubte Selene.

»Göre!«

Ares lächelte über das Geplänkel. »Wir sollten innerhalb einer Stunde da sein.«

»Während wir warten, sehe ich nach den Tieren und packe unsere Ausrüstung zusammen. Ich nehme an, es gibt eine Halterung, an der wir eine Reisetasche befestigen können?«

»Ja, solange du nicht zu viel einpackst.«

»Nur weil ich mich auf meinen Koffer setzen musste, um ihn zu schließen, heißt das nicht, dass ich zu viel eingepackt habe.«

»Äh, doch, das heißt es.«

Selene lachte. »Wir sehen uns gleich.«

Er legte auf und schaute Derek an. »Du hast das alles gehört.«

»Ich habe genug gehört. Wir bringen deine Mutter und deine Schwester nach Hause. Du gehst und warnst Oma, während ich unsere Schneemobile fertig mache.«

Ares ging in die warme Küche und sah, wie Athena es sich mit einer Tasse Tee gemütlich machte, während Oma neben ihr saß und mit einem Holzlöffel dirigierte. Charly passte auf Greta auf, die auf einem Trittschemel stand und sorgfältig Mehl abwog.

»Hey, Oma, ich hoffe, es ist okay, wenn Selene und Mom uns Gesellschaft leisten.«

»Was ist mit ihrer Kreuzfahrt passiert?«, rief Athena aus.

»Der Flug wurde gestrichen.«

»Und sie haben nicht angerufen? Diese Ratte.« Athenas Augen wurden schmal. »Ich habe Selene extra eine SMS geschickt, um zu fragen, ob sie und Mom gut angekommen sind, und sie hat mit einem Daumen hoch geantwortet.«

»Offenbar wollte sie nicht, dass wir uns Sorgen machen.«

Athena runzelte die Stirn.

Oma tippte mit ihrem Löffel gegen ihre Tasse. »Nicht die Stirn runzeln. Du machst das Baby noch sauer.«

Athena funkelte sie stattdessen an.

Oma lächelte heiter. »Natürlich, Bea und Selene sind willkommen. Ahoi, Souschefin Greta. Es kommen noch zwei Gäste.«

Woraufhin das Kind befahl: »Zwei weitere Mini-Kuchenplatten, sofort.«

»Ja, Chefköchin«, murmelte Charly mit einem Augenrollen.

»Fahrt ihr immer noch weg?«, fragte Athena, die seine Ausrüstung bemerkt hatte.

»Ja. Wir werden sie mit dem Schneemobil zurückbringen, da die Straßen beschissen sind.«

»Und die Farm ...« Athena sagte nichts weiter, aber er verstand.

»Gut. Keine Anzeichen von Ärger.«

Noch nicht.

Die Fahrt hinüber erwies sich als erheiternd. Der Himmel war zwar wolkenverhangen, aber der Schnee verdichtete sich während der Fahrt und hinterließ eine Spur, der sie auf dem Rückweg folgen konnten. Da sie meist durch leere Felder und entlang schneebedeckter Straßen fuhren, sahen sie nicht viele Menschen, nur ein paar Schneemobilfahrer wie sie. Als sie in das letzte Wäldchen vor der Farm einbogen, bemerkten sie eine Gruppe von drei Fahrern, die wahrscheinlich angehalten hatten, um sich zu orientieren, da die Wege noch nicht offiziell geöffnet waren.

Als sie aus den Bäumen auftauchten und über das Feld rasten, das Haus in Sichtweite, bemerkte Ares den Wolf, der davor auf und ab ging. Selene hatte sich verwandelt, was bedeutete, dass sie durch irgendetwas aufgeregt worden war. Sie knurrte in ihre Richtung, aber Derek hob eine Hand und winkte, als sie ein paar Meter entfernt zum Stehen kamen.

Der Feind war hier, verkündete sein Wolf.

Ares entdeckte die roten und rosafarbenen Flecke im Schnee vor der Veranda.

Blut.

Wahrscheinlich von der Leiche, die ausgestreckt und teilweise begraben lag.

Eine nackte Leiche.

Ares riss sich den Helm vom Kopf und schrie: »Was zum Teufel ist passiert?«

Selene konnte weder antworten noch sich verwandeln, nicht solange sie noch wütend war. Sie hatte schon immer ein Problem mit starken Emotionen gehabt.

Mom tauchte mit einer Schrotflinte in der Hand auf. Auf ihrer Wange zeichnete sich ein Bluterguss ab, und sie sah erschüttert aus. »Es geht uns gut. Ein paar Schläger haben uns einen Besuch abgestattet und gefragt, wo Charly und Greta sind. Ich habe dem Anführer gesagt, dass ich keine Ahnung habe, von wem sie sprechen. Er hat mir nicht geglaubt und mir eine Ohrfeige gegeben. Als ich schrie, kam Selene aus der Scheune gestürmt und ...« Mom schaute auf Selenes aufgeregten Wolf. »Sagen wir einfach, sie konnte sich nicht beherrschen.«

»Du hast von Schlägern im Plural gesprochen. Ich sehe nur eine Leiche.«

»Der andere ist abgehauen, als ich die Waffe gezogen habe.« Mom hob das Kinn. »Mein Unterricht bei Oma hat sich ausgezahlt. Ich habe einen am Hintern getroffen, als sie weggelaufen sind.«

Weggelaufen, nicht gefahren. In der Einfahrt waren keine anderen Reifenspuren als die von Selenes Fahrzeug zu sehen. Ein Blick über das Gemetzel hinweg zeigte, dass der aufgewühlte Schnee sich bis zum Wald zog. Ares kannte die Antwort bereits, musste aber trotzdem fragen. »Waren es Lykanthropen?«

Mom nickte. »Sie kamen als Wölfe aus dem Wald. Einer von ihnen hat sich verwandelt, um Fragen zu stellen. Er ist der da drüben.« Sie zeigte auf die Leiche mit den Krallenspuren. Selene hatte dem Kerl, der Mom verletzt hatte, keine Gnade gezeigt.

Ein Typ, der mit Charlys Ex zu tun hatte.

Als Charly gesagt hatte, Barry sei ein Killer, hatte er jemanden von der Mafia erwartet. Aber nein, ihr Ex war ein Werwolf, und was noch schlimmer war, er und Derek hatten eine Spur hinterlassen, die direkt zu Charly und Greta führen würde. Er musste an die Schneemobilfahrer denken, die er am Rande ihres Grundstücks gesehen hatte. Hatten sie die Scheißkerle auf ihrem Weg hierher passiert?

Er warf einen Blick auf Derek. »Wir müssen zurück zur Farm.«

Selene winselte.

»Tut mir leid, Schwesterherz, aber als Wolf passt du nicht auf den Rücksitz, und ihr müsst euch erst um eine Leiche kümmern, bevor ihr irgendwohin könnt.«

Er hatte ein schlechtes Gewissen, dass seine Schwester und Mutter sie in den Wald schleppen mussten, wo wilde Tiere sie fressen würden, aber die Dringlichkeit brachte sein Blut in Wallung.

»Mom, ruf Athena an. Sag ihr, sie soll alle in den Bunker bringen.«

»Ich werde es versuchen. Der Handyempfang ist unterbrochen. Seid vorsichtig.«

»Ihr auch. Bleibt im Haus, verriegelt die Türen und haltet die Waffe bereit, falls jemand zurückkommt.«

»Das sollten sie besser nicht«, brummte Mom. »Irgendwelche Vorschläge, wohin wir die Leiche schleppen sollen?«

»Schmeißt sie in die Schlucht. Die Frühjahrsschmelze wird sie von der Farm wegtreiben.« Und die Wunden, falls sie beim Auffinden der Leiche noch sichtbar waren, würden auf einen Angriff von Wildtieren hindeuten. »Benutzt das Quad, um sie zu ziehen.«

Mit diesen Anweisungen sprang er auf das Schneemobil und raste in die Richtung, aus der sie gekommen waren. Er beschleunigte. Betete. Und ja, er hatte auch ein wenig Angst.

Unsere Gefährtin und unser Welpe sind in Gefahr.

KAPITEL VIERZEHN

Athena erhielt einen Anruf und antwortete. »Hey, Mom, habt –« Sie brach ab, und ihre Miene wurde hart, bevor sie murmelte: »Wird gemacht. Danke für die Vorwarnung.«

Sie legte auf, und Oma blaffte: »Was ist los?«

»Ein paar Dinge.« Athena warf einen Blick auf Charly. »Wir müssen uns mal unterhalten.« Sie blickte zu Greta. »Allein.«

Oma hatte eine Idee. »Süße, wir könnten noch ein paar Äpfel aus dem Keller gebrauchen. Kannst du mir ein paar fette, saftige Äpfel besorgen? Die sind in der großen braunen Tüte.«

»Bin schon dabei.« Greta huschte zur Treppe, die nach unten führte.

Als sie außer Sichtweite war, zischte Athena: »Du hättest uns sagen sollen, dass dein Ex ein Werwolf ist.«

Charly fiel die Kinnlade herunter. »Ich – wie –«

»Einige aus seinem Rudel sind in Wolfsgestalt auf der Farm aufgetaucht. Mom sagt, sie hätte versucht, früher anzurufen, aber wegen des Sturms war der Handyempfang unterbrochen.«

»Oh nein.« Charly sackte auf einen Stuhl, als alle Kraft ihre Glieder verließ. »Hat er sie verletzt?«

»Selene und Mom geht es gut, aber wahrscheinlich sind dein Ex und einige aus seinem Rudel auf dem Weg hierher.«

»Gut.« Oma richtete sich auf. »Ich werde mein Gewehr holen. Jemand muss Opa aus der Scheune holen.«

Athena schüttelte den Kopf. »Keine Kämpfe. Ares hat gesagt, wir sollen in den Bunker gehen.«

»Ihr Damen könnt das tun. Ich glaube, ich hätte gern einen Wolfspelz zu Weihnachten«, antwortete Oma wild.

Charly fühlte sich ohnmächtig. Sie wussten es. Sie kannten das schreckliche Geheimnis, das sie zu verbergen versucht hatte. Das Geheimnis, das sie verfolgte und sie glauben ließ, sie sei verrückt. Schließlich verwandelten Menschen sich nicht in

Tiere. Nur Barry und seine Bande taten es, was sie nicht gewusst hatte, als sie mit ihm zusammen war. Er hatte sich ihr erst in der letzten Nacht in der Hütte offenbart. Das war der Auslöser für ihre Flucht gewesen.

»Komm mit mir nach draußen«, forderte Barry an der Tür zu ihrem Gefängniszimmer.

Charlotte wusste es besser, als zu widersprechen. Ihre Lippe war noch immer geschwollen von ihrer letzten angeblichen Gehorsamsverweigerung.

Sie erhob sich, aber als Greta ihr folgen wollte, ein stummer und blasser Schatten seit ihrer Gefangennahme, schnauzte Barry: »Du nicht. Das ist nur für die Augen deiner Mutter.«

Charlotte hasste es, Greta allein zu lassen, aber besser so, als dass ihr Baby mit ansehen musste, welche Qualen Barry geplant hatte.

Zu ihrer Überraschung schickte er sie nach draußen, wo seine gesamte Bande stand und einen Kreis um zwei auf dem Boden kniende Menschen bildete. Die Gruppe teilte sich, als Barry kam.

»Ich werde dir jetzt zeigen, warum Greta zu mir gehört, auch wenn sie noch keine Anzeichen zeigt.«

Anzeichen wofür?, überlegte Charlotte, fragte aber nicht, konnte nicht, denn die Angst lähmte sie.

Der Mann, der am Boden kniete, hatte ein

zerschrammtes und blutverschmiertes Gesicht. Er wimmerte: »Es war nur eine falsche Abzweigung.«

»Klar war es das«, murmelte Barry.

»Das GPS hat uns falsch geleitet«, beharrte die Frau an seiner Seite, deren Gesicht blass vor Angst war.

»Falsch für euch, aber ihr werdet einen guten Start für unseren Abend bieten«, erwiderte Barry. »Stimmt's, Jungs?« Eine falsche Bezeichnung, an der die beiden Frauen der Bande keinen Anstoß nahmen.

»Der Mond kommt«, erklärte Kyle, der Jüngste der Gruppe. Er hatte sich der Bande mit seinem Vater angeschlossen, einem großen, brutalen Mann, der Charlotte lüstern anstarrte, wenn Barry nicht hinsah.

»Macht euch bereit«, sagte Barry, und das bedeutete offenbar, sich auszuziehen.

Alle, Mann und Frau, mit Ausnahme von Barry, zogen sich aus, bis sie nackt dastanden.

Charlotte schlang unbehaglich die Arme um sich, aber das tat dem Zittern keinen Abbruch. Warum sich nackt ausziehen? Angesichts der Tatsache, dass einige Männer halb erigiert waren, befürchtete sie das Schlimmste.

Eine Orgie. Vergewaltigung. Das spielte keine Rolle. Sie wollte nicht mitmachen.

Als sie in die Hütte flüchten wollte, hielt Barry ihren Arm fest umklammert. »Oh nein, das tust du nicht. Es wird Zeit, dass du die Wahrheit erfährst.«

Kyle verwandelte sich zuerst, in der einen Minute war er ein dünner, pickliger Teenager, in der nächsten ein braun gesprenkelter Wolf. Einer nach dem anderen tauschte die Haut gegen Fell, bis nur noch Barry bekleidet war, aber in seinen Augen lag ein wildes Funkeln. Seine Stimme erklang in einer tieferen Oktave, als er blaffte: »Zeig meiner Schlampe, was wir mit denen machen, die uns verraten wollen.«

Es war mehr als brutal. Mehr als blutig. Mehr als entsetzlich.

Die Wölfe stürzten sich auf das Paar, das falsch abgebogen war. Beim ersten Schrei schloss sie die Augen, aber sie konnte die Geräusche nicht ausblenden. Das Knurren. Das nasse Schmatzen. Das Knirschen.

Die Wölfe zerfleischten den armen Mann und seine Freundin, töteten sie und entweihten dann die Körper, indem sie sie aufrissen, um an den Innereien zu kauen.

Charlotte wehrte sich nicht, als Barry sie zurück in die Hütte zerrte. Als er sie in ihr Zimmer führte, murmelte er: »Jetzt verstehst du, warum Greta zu mir gehört.«

»*Greta ist kein Werwolf*«, *war ihre schwache Antwort.*

»*Noch nicht. Ich dachte, mein Segen hätte sie übersprungen, aber laut der Probe, die ich testen ließ, trägt sie das Gen.*«

»*Was für eine Probe?*«, *fragte sie, anstatt den Schrecken anzusprechen, den sie gerade erlebt hatte.*

»*Es gibt eine Möglichkeit zu überprüfen, ob jemand Lykanthropie geerbt hat. Ich habe Martha gebeten, als Freiwillige in ihrer Schule ein paar Haare und Spucke zu sammeln. Es hat sich herausgestellt, dass sie tatsächlich nach mir kommt.*« *Martha war die zierliche Blondine, die Charlotte von Anfang an gehasst hatte.*

»*Dein Test war falsch. Sie ist kein Werwolf.*«

»*Noch nicht. Ich habe zwar immer gewusst, was ich bin, aber ich habe erst vor Kurzem herausgefunden, dass manche, die diese Gabe in sich tragen, sich erst im Teenageralter verwandeln, das heißt, ich habe zu schnell aufgegeben.*«

»*Sie ist nicht wie du*«, *erwiderte sie heiser.*

»*Sie wird es sein*«, *war seine ominöse Aussage.*

Barry stieß Charlotte ins Zimmer, doch bevor er die Tür zuschlug, lächelte er und sagte: »*Du kannst dich glücklich schätzen, dass ich beschlossen habe, dich leben zu lassen. Schließlich braucht ein Kind auch Geschwister.*«

»*Nein.*« *Sie zuckte zurück.*

Der sadistische Mistkerl lachte. »Nicht heute Nacht. Heute Nacht ruft der Mond, und ich muss antworten.«

Mit diesen Worten schlug die Tür zu, und sie hörte, wie das Schloss einrastete.

Greta starrte sie mit großen Augen an, aber anstatt sie zu trösten, eilte Charlotte rechtzeitig zum Fenster, um zu sehen, wie Barry nackt aus dem Haus kam. Als er sich seiner Bande näherte, die über den Fleischbrocken kauerte – den zerfetzten Leichen –, verwandelte er sich.

Er verwandelte sich in einen Wolf, und in diesem Moment wusste sie, dass sie fliehen musste. Noch in dieser Nacht. Und verschwinden.

»Ist Greta ein Lykanthrop?,« fragte Athena und riss Charly in die Gegenwart zurück.

Sie schüttelte den Kopf. »Nein. Sie ist nur ein kleines Mädchen.«

»Dessen Vater ein Werwolf ist. Sie hat sich zwar noch nicht verwandelt, aber sie hat seine Gene, was bedeutet, dass sie sich irgendwann verwandeln könnte.« Athenas Miene war ernst.

»Woher willst du etwas darüber wissen?«, platzte Charlotte heraus.

»Weil ich auch ein Werwolf bin«, erklärte Athena.

Charlotte blinzelte. »Du bist wie Barry?« Sie machte einen Schritt zurück.

»Oh, verdammt noch mal, ich werde doch nicht plötzlich vierbeinig und fresse dich. Dein Ex und sein Rudel sind vielleicht Psychos, die töten, aber das ist nicht die Norm für unsere Art.«

»Woher willst du das wissen?« Plötzlich wurde es Charlotte klar. »Du kennst mehr Wölfe.« Die Enthüllungen gingen weiter. »Deine Schwester, Ares, deine Mutter ...«

»Ares und Selene, ja. Mom, nein. Wir haben unsere Lykanthropie von Dad geerbt.«

Charlotte stützte ihr Gesicht in die Hände. »Ich kann nicht. Das ist zu viel.«

»Jetzt ist nicht der richtige Zeitpunkt, um zusammenzubrechen«, blaffte Oma.

»Bist du ein Werwolf?«, antwortete sie sarkastisch.

»Nein, aber mein Enkelkind wird es höchstwahrscheinlich sein, und ich habe kein Problem damit.«

Charlotte warf einen Blick auf Oma. »Aber sie sind Wölfe.«

»Na und? Wirst du Greta weniger lieben, wenn sie sich zu verwandeln beginnt?«

»Nein, natürlich nicht. Ich werde mich wahrscheinlich nicht einmal wehren, wenn sie versucht, mich zu fressen.« Sie zog die Mundwinkel nach unten.

Athena schnaubte. »Um Himmels willen,

niemand frisst dich, es sei denn, es ist mein Bruder, und das wird die Art sein, die dir gefällt, nicht die, bei der du stirbst.«

Eine heiße Röte stieg in Charlottes Wangen.

»Falls du es noch nicht bemerkt hast, Ares und die anderen sind keine gefräßigen Bestien.«

»Vielleicht nicht in ihrer menschlichen Gestalt«, bemerkte Charlotte.

Athena verdrehte die Augen. »Selbst als Wölfe verlieren wir nicht die Kontrolle und töten nicht mutwillig.«

»Aber ihr tötet.«

»Ich jage, ja, Kaninchen und andere kleine Kreaturen. Das liegt schließlich in unserer Natur. Aber wir jagen keine Menschen, es sei denn, sie versuchen, uns zu schaden.«

Das beruhigte sie ein wenig. Aber trotzdem ... »Ich kann nicht glauben, dass mein Freund an Bäume pinkelt.« Charlotte versuchte, die Tatsache zu begreifen, dass der Mann, den sie berührt hatte, der Mann, in den sie sich verliebte, eine haarige Seite hatte.

Oma klatschte mit einer Hand auf den Tisch. »Während wir plappern, vergeht die Zeit. Athena, geh und hol Opa. Er ist in der Scheune bei den Pferden. Wir treffen dich im Bunker.«

»Bin schon dabei.« Athena zog sich an der Tür Stiefel und eine karierte Jacke an und ging hinaus.

Oma sprach sanft. »Das ändert nichts. Ares ist immer noch derselbe Mann, in den du dich verliebt hast.«

»Ich liebe ihn nicht«, erwiderte sie schnell, aber das stimmte nicht ganz. Charlotte hatte sich in ihn verliebt. Sehr sogar. Nur um festzustellen, dass sie wieder einmal das Monster im Mann nicht erkannt hatte.

»Lüg mich nicht an, Mädchen. Du bist bis über beide Ohren in ihn verliebt und er in dich. Er ist ein guter Mann. Seine ganze Familie ist es. Denkst du, ich würde meinen Enkel mit Athena zusammen sein lassen, wenn sie es nicht wären? Nur weil du einen schlechten Werwolf getroffen hast, heißt das nicht, dass sie alle Scheißkerle sind.«

Das Gespräch verstummte, als Greta mit mehreren Äpfeln in den Händen erschien. »Ich habe sie gefunden!«, zwitscherte sie.

»Fantastisch. Leg sie auf den Tresen. Wir werden ein Abenteuer erleben«, erklärte Oma sanft. »In meinem besonderen Raum unter dem Haus.«

»Mit Mama?« Greta schaute Charlotte an.

»Ja, mit deiner Mama. Sollen wir es uns ansehen?«

Oma stand auf und streckte eine Hand aus. Greta nahm sie, und als sie in den Keller hinuntergingen, war alles in Ordnung. Das blieb auch so, bis Greta begriff, was Oma mit einem besonderen Raum meinte.

»Es gibt keine Fenster«, bemerkte Greta, als sie in den Bunker spähte.

»Um uns zu schützen«, murmelte Oma.

Greta warf einen Blick auf die Tür, die aus dickem Metall bestand und mit Gitterstäben versehen war, die sich verschieben ließen, um sie geschlossen zu halten. Das Gesicht ihrer Tochter veränderte sich zu ihrem sturen Blick, und sie schüttelte den Kopf. »Nein. Kein besonderer Raum. Ich werde nicht dorthin zurückgehen.« Greta stürmte aus dem Bunker und die Treppe hinauf.

»Greta, komm zurück!« Aber ihr Kind antwortete nicht, und Charlotte wurde klar, dass Greta dachte, sie würden wieder eingesperrt werden.

Oma brummte: »Wir sollten lieber nach ihr suchen.«

»Tut mir leid. Mir war nicht klar, dass der Bunker ihre Erinnerungen an die Zeit auslösen würde, als ihr Vater uns gefangen hielt. Wir haben ein wenig darüber gesprochen, als wir geflohen sind, aber angesichts ihres Alters schien es einfacher, sie einfach vergessen zu lassen.«

»Kinder vergessen nie etwas. Sie sind wie Elefanten«, murmelte Oma.

Sie erreichten die Küche. Keine Greta.

»Ich suche auf dieser Etage, du siehst oben nach«, schlug Oma vor.

Charlotte begann mit dem Zimmer, in dem Greta geschlafen hatte. Sie schaute in den Schrank, unter das Bett und rief sie die ganze Zeit.

Keine Antwort. Keine Spur von ihrer Tochter.

Als Nächstes überprüfte sie ihr Zimmer, dann das von Derek und Athena, wobei ihr bewusst war, dass sie Zeit verschwendeten.

Sie hatte praktisch aufgegeben und wollte sich Oma bei ihrer Suche im Erdgeschoss anschließen, als sie einen Blick in das Badezimmer warf. Es gab nicht viele Möglichkeiten, sich zu verstecken, aber der Duschvorhang war über die Wanne gezogen.

Charlotte ging in die Hocke, bevor sie ihn zurückzog, wobei die Ringe klapperten, die die Plastikplane hielten.

Greta saß zusammengekauert in der Wanne, die Knie angezogen. »Ich gehe nicht. Ich will nicht in einem Zimmer eingesperrt sein.«

»Oh, Süße, der Bunker im Keller ist anders. Er soll uns beschützen.«

»Vor dem bösen Mann?«, fragte Greta mit leiser Stimme. Sie hatte Barry nie Dad genannt, egal wie oft er ihr gesagt hatte, dass er ihr Vater sei.

Charlotte nickte.

»Kommt er her?«

Sie wollte nicht lügen. »Das könnte sein.«

Greta wimmerte, und Charlotte brach das Herz.

»Ich werde nicht zulassen, dass er dir wehtut.«

»Er hat meiner Mama wehgetan«, flüsterte sie.

Charlotte konnte die Behauptung nicht leugnen. Sie hatte sich zu wehren versucht, aber Barry hatte Kraft und Gemeinheit entgegenzusetzen. Aber sie kannte einen Mann, der sich nicht einschüchtern ließ. Einen Mann, den ihre Tochter bewunderte. »Ares ist auf dem Rückweg. Er wird uns beschützen.«

»Ich will nicht, dass der böse Mann Ares wehtut.«

»Oh bitte«, rief Charlotte aus. »Ares ist ein Held. Der böse Mann kann ihm nichts antun.« Diese Worte trafen einen Nerv. Der Mann, der ihr ans Herz gewachsen war, war kein hässlicher Tyrann. Er misshandelte sie nicht. Er machte ihr keine Angst. Aber würde sich das ändern, wenn er sich in seinen Wolf verwandelte?

»Ares ist ein Held«, wiederholte Greta. »Er wird nicht zulassen, dass der böse Mann mich mitnimmt«, erklärte sie zuversichtlich und stand in der Wanne auf. Charlotte hielt ihre Hand, als sie das Bad verließen und die Treppe hinuntergingen.

Bevor sie Greta zum Bunker führen konnte,

erregte ein dröhnendes Geräusch von draußen ihre Aufmerksamkeit.

»Ares ist zurück!«, zwitscherte Greta, riss sich los und lief zur Tür.

Es schien zu früh für seine Rückkehr zu sein. Ein unangenehmes Gefühl verdichtete sich in Charlottes Magen, und sie lief los, um Greta einzuholen.

Zu spät.

Als sie herauskam, fand sie ihre Tochter in Barrys Gewalt. Der Mistkerl war mit einem nagelneuen Schneemobil gekommen, und er war nicht allein. Sie erkannte Hughey, Ivan und Amir.

Beim Anblick von Charlotte grinste Barry. »Hast du wirklich gedacht, ich würde dich nicht finden?«

Chk-chk. Eine Schrotflinte wurde hinter Charlotte entsichert, und Oma knurrte: »Lass das Kind los.«

»Oder was?«, fragte Barry, während er Greta an seine Brust drückte. »Willst du mich erschießen?«

Oma stieß ein leises Knurren aus, woraufhin Charlotte sich fragte, ob sie die Wahrheit darüber sagte, kein Werwolf zu sein.

»Das glaube ich nicht.« Barry lachte. »Lass die Waffe fallen.« Als Oma zögerte, zog der Mistkerl seinen Griff fester an, und Greta quietschte.

Oma ließ die Waffe sinken.

»Tu ihr nicht weh«, flehte Charlotte.

»Der Kleinen wird es gut gehen, aber was den Rest von euch angeht ...« Er schenkte ihr ein böses Lächeln. »Geht rein und macht keine Dummheiten, sonst könnte ich beschließen, dass Vatersein doch nicht so mein Ding ist.«

Oma humpelte als Erste hinein und murmelte leise: »Erwähnt bloß nicht Athena oder Opa. Es ist noch nicht alles verloren.«

Komisch, denn es fühlte sich ganz so an, als sei es das. Charlotte sah keinen Ausweg aus dieser Situation. Ihre beste Hoffnung war, dass Barry gehen und niemandem etwas antun würde. Aber dann bliebe Greta in seinen Fängen. Eher würde Charlotte bei dem Versuch sterben, sie zu retten.

Barry trieb sie ins Wohnzimmer, die zitternde Greta immer noch fest an seine Brust gedrückt. Amir stand mit verschränkten Armen hinter ihm.

»Du hattest echt Nerven zu gehen«, stellte Barry fest. »Du hast mich vor den Jungs schlecht aussehen lassen.«

»Ah ja, denn ein Kind zu entführen und zu terrorisieren sieht viel besser aus«, murmelte Charlotte.

»Nur weil du nicht kooperieren wolltest. Du hättest einfach tun können, was dir gesagt wurde, wie ein anständiges Miststück, aber nein, du hast mich stattdessen gezwungen, dich zu jagen.«

»Wie hast du mich gefunden?«, fragte sie.

»Ich habe Martha die sozialen Medien durchforsten lassen. Ich hätte nicht gedacht, dass du so dumm sein würdest, dein Gesicht vor die Kamera zu halten.«

Charlotte hätte am liebsten geflucht. Wäre sie doch nur nicht mit Greta auf diesen verdammten Weihnachtsmarkt gegangen.

»Jetzt fragst du dich wahrscheinlich, wie ich dich hier gefunden habe. Das war eigentlich einfacher als erwartet. Nachdem ich mit deinem Freund geplaudert hatte, fand ich heraus, dass er derselbe Typ war, mit dem du von zu Hause weggegangen bist. Der Wichser hat mich angelogen, und als ich zurückkam, war er weg. Also beschlossen wir, seine Farm zu observieren. Wir klauten ein paar Schneemobile, parkten im Wald und warteten, und es hat sich gelohnt. Er ist mit dem Schneemobil gekommen und hat uns den Weg zu dir gezeigt.«

»Ares wird kommen«, erklärte Greta.

»Damit rechne ich. Ich frage mich, ob ihm die Überraschung gefallen wird, die ich ihm hinterlassen habe.«

Charlotte blieb das Herz stehen. »Was hast du getan?«

»Dafür gesorgt, dass wir nicht gestört werden. Wir haben noch eine Rechnung offen, Charlotte. Ich kann nicht zulassen, dass du herumläufst und erzählst, was du zu wissen glaubst.«

»Ich habe es niemandem erzählt«, schnaubte sie.

»Das war das erste Kluge, was du getan hast. Aber hier ist das Problem. Ich habe dir eine Chance gegeben, und du hast mich verraten. Man kann dir nicht trauen, und es gibt nur eine Lösung für dieses Dilemma.«

Er brauchte es nicht zu sagen. Er würde sie umbringen.

Ein Zittern erfasste Charlottes Glieder, und ihre Lippen waren taub, als sie sagte: »Bitte tu nichts vor Greta.« Sie konnte sich vielleicht nicht mehr retten, aber sie wollte verhindern, dass Greta es sah.

»Betteln steht dir gut, aber das wird nicht funktionieren. Der Welpe muss verstehen, wer das Alphatier ist und was mit denen passiert, die mich verärgern.« Barry übergab Greta an Amir. »Halte sie, während ich mich selbst um das Miststück kümmere.«

Der Mann schnappte sich die zappelnde Greta. »Nein. Nein. Lass Mama in Ruhe. Neeeein – grrrr.«

Alle wurden still, als das Kind sich plötzlich in

einen kleinen Wolf verwandelte. Amir ließ sie fallen, und Greta, der Wolfswelpe, befreite sich aus ihren Kleidern und kauerte knurrend auf vier Pfoten auf dem Boden, während die borstigen Haare entlang ihres Rückens sich aufstellten.

Ein böses Lächeln breitete sich auf Barrys Gesicht aus. »Na so was. Wir brauchen wohl doch nicht zu warten, bis sie ein Teenager ist.« Er griff nach Greta, die schnappte und knurrte.

»Lass das, du Göre«, befahl er in kaltem Ton.

Er stürzte sich wieder auf Greta und schaffte es, sie im Nacken zu packen und hochzuheben.

Greta winselte, und Oma gab einen leisen Laut von sich.

Seltsamerweise raschelte der Baum, den sie am Abend zuvor geschmückt hatten, und die Äste wackelten. Niemand außer Charlotte schien es zu bemerken. Keiner sah die kleine Nase, die hervorlugte, aber alle hörten Barrys Brüllen, als der Baum auf ihn fiel und das Eichhörnchen von einem Ast auf seinen Kopf sprang. Das Nagetier mit dem weißen Streifen auf dem Kopf grub seine Krallen hinein und hielt sich fest.

Der erschrockene Barry ließ Greta fallen, die mit einem dumpfen Schlag auf dem Boden landete und benommen liegen blieb.

Der äußerst verärgerte Barry schüttelte wild den Kopf, und als das Eichhörnchen nicht loslassen wollte, griff er nach ihm. Er verfehlte es nur um Zentimeter, als das Eichhörnchen sprang und auf einem Stuhl landete, von dem aus es an dem staunenden Amir vorbei durch die noch offene Haustür in die Freiheit lief.

Charlotte sah eine Chance für Greta und schrie: »Lauf, Süße!«

Der kleine Wolf lief in seiner Panik durch Amirs Beine hindurch nach draußen in den aufkommenden Sturm.

Als sie weg war, standen Charlotte und Oma allein einem sehr wütenden Barry gegenüber, der Kratzer und einen finsteren Blick im Gesicht hatte.

»Hol das Mädchen, während ich mich um diese Schlampen kümmere«, befahl Barry.

Amir ging, und Barry grinste höhnisch in ihre Richtung. »Zeit, euch meine Version eines Weihnachtsgeschenks zu geben. Ewige Ruhe. In Stücken, du alte Schachtel.« Er lachte gackernd.

Oma war nicht in der Stimmung, sich bedrohen zu lassen. »Alt? Komm her und lass uns sehen, wer alt ist, jetzt, da du kein Kind mehr als Schutzschild benutzt, Arschloch.«

Vielleicht hätte Oma mit einem so großen Mann wie Barry ringen können. Nur blieb er kein Mann.

Ein Wolf explodierte aus den Kleidern, groß und furchterregend.

Nicht für Oma, die schnalzte und sagte: »Du wirst einen sehr schönen Mantel abgeben.«

Charlotte stimmte zu, aber dazu müssten sie den Wolf töten, während es wahrscheinlicher war, dass sie in Stücke gerissen würden.

Ares, wo bist du?

Denn sie könnte jetzt wirklich einen Helden gebrauchen.

KAPITEL FÜNFZEHN

Die Schneemobile drohten zu überhitzen, als Ares und Derek die Maschinen bis an ihre Grenzen brachten, um ihren Weg zurückzuverfolgen. Anfangs war der Weg noch einfach gewesen, aber als der Himmel sich verdunkelte, verschlechterte sich die Sicht. Aufgewirbelter Schnee begann, ihre Route zu verdecken, und zwang sie, an bestimmten Abzweigungen langsamer zu werden, um sicherzustellen, dass sie in die richtige Richtung fuhren. Ares hasste diese Verzögerung, vor allem weil sie auf dem Weg zur Farm unweigerlich feststellen mussten, dass die Spuren sich überlagerten und parallel zu den Spuren verliefen, die sie auf dem Hinweg hinterlassen hatten.

Wieder einmal musste er an die Gruppe von Schneemobilen auf der anderen Seite seines Grundstücks denken. Sie mussten sie gesehen haben. Waren das Barry und sein Rudel gewesen? Es brachte ihn um zu wissen, dass er vielleicht direkt an ihnen vorbeigefahren war und ihnen den Weg gezeigt hatte.

Das Einzige, was ihn einigermaßen beruhigte, war die Gewissheit, dass der Bunker sie in Sicherheit bringen würde – solange sie hineinkamen, bevor es Ärger gab.

Als Derek das Tempo drosselte, musste auch Ares vom Gas gehen. Bevor er schreien und fragen konnte, was los war, sah er das Problem durch die Schneewehen hindurch. Ein Schneemobil parkte auf dem Weg, und niemand saß darauf.

Derek fuhr langsam heran und zeigte darauf. Zwei Kleiderstapel lagen auf dem Sitz. Offenbar hatten sie einen Teil von Barrys Rudel gefunden.

Gefahr.

Die Warnung veranlasste Ares, sich seitlich von seinem Gefährt zu stürzen und im Schnee zu landen. Besser ein Gesichtsklatscher mit Helm ins kalte Weiß als das aufgerissene Maul des Wolfes, der plötzlich angriff.

Er rollte sich ab und sprang auf die Füße, wobei er die Tatsache verfluchte, dass er zu viele Schichten trug. Seine eigene Bestie hätte es mit Leichtigkeit mit dem Gegner aufnehmen können, aber es war wahrscheinlicher, dass er sich in seinem geliehenen Schneeanzug verhedderte, als dass er tödlich wurde.

Der Wolf stand auf dem Sitz seiner Maschine und knurrte.

Ares klappte sein Visier hoch und knurrte zurück, was für Überraschung sorgte.

»Ganz recht, du verdammter Köter. Du bist nicht der Einzige mit Zähnen hier.«

Der Wolf stürzte sich auf ihn, und Ares ließ das Tier auf sich prallen, vor allem damit er es an den Vorderbeinen packen und umdrehen konnte. Der Wolf flog durch die Luft und jaulte auf, als er gegen einen Baum prallte.

Peng.

Ein kurzer Blick über die Schulter zeigte, dass Derek das Gewehr hatte, und obwohl er es geschafft hatte, einen Schuss abzugeben, traf er nicht, und der zweite Wolf kam zu schnell auf ihn zu, um noch einmal zu feuern. Er schwang das Gewehr wie einen Knüppel und traf ihn am Kopf, aber das hielt ihn nicht davon ab, sich auf ihn zu stürzen und Derek zu Boden zu reißen.

Sein Freund würde durchhalten müssen, denn Ares musste sich um den anderen Wolf kümmern. Der zottelige Köter schüttelte den Kopf und fletschte die Zähne, zeigte jedoch mehr Vorsicht, als er ihn zu umkreisen versuchte.

»Ich habe keine Zeit für so etwas«, murmelte Ares. Er schnappte sich einen Ast und riss ihn los. Nicht die beste Waffe, aber er hatte nichts anderes. Es war ihm nicht in den Sinn gekommen, dass sie auf dem Weg Probleme bekommen würden. Er hätte das Gewehr mitnehmen sollen, das er im Haus hatte, oder die Armbrust im Schuppen.

Der Wolf rannte auf ihn zu. Nur ein paar Schritte trennten sie. Als er sprang, ging Ares in die Hocke und stieß nach oben, als die Bestie über seinem Kopf war. Der Stock drang nicht weit ein, aber der Wolf quiekte.

Blut tropfte aus der Wunde des Wolfes, noch bevor er landete. Keine gute Idee, denn das stieß den behelfsmäßigen Pflock tiefer. Der Wolf winselte, tödlich verletzt, und er wusste es.

Einer weniger. Er eilte Derek zu Hilfe, der das Gewehr quer hielt, während der Wolf den Lauf im Maul hatte. Ares hätte einen weiteren Ast holen müssen, wertvolle Sekunden, die er nicht hatte, also lief er stattdessen auf den Wolf zu und sprang.

Er landete mit den Stiefeln auf dem Rückgrat des Wolfes, und das mit so viel Wucht, dass etwas knackte und die Bestie zu Boden fiel. Aber sie starb nicht. Sie versuchte wegzukriechen, indem sie ihre Vorderpfoten benutzte, um die gelähmten Hinterbeine zu ziehen.

»Was glaubst du, wo du hingehst?«, knurrte Ares, als er sich vor dem Wolf aufbaute.

Der verwundete Wolf verwandelte sich in einen blutenden Mann, der brabbelte: »Töte mich nicht.«

»Nenn mir einen guten Grund, warum ich es nicht tun sollte.«

»Ich wollte das nicht tun. Barry hat uns gezwungen.«

»Wo ist der Mistkerl?«, fragte er und blickte auf den anderen Körper. Der, auf den er eingestochen hatte, atmete noch, aber flach. Fast tot.

»Er ist los, um sein Kind zu holen.«

Ares drehte ruckartig den Kopf. »Wohin?«

»Keine Ahnung. Wir sind gerade dieser Spur gefolgt, als er uns abwinkte und sagte, wir sollten jeden aufhalten, der vorbeikommt.«

»Wie weit ist er voraus?« So weit konnte er nicht sein, denn sie waren nicht lange auf der Farm gewesen.

»Ich weiß es nicht. Mir ist kalt.« Der Mann zitterte, aber das war Ares ehrlich gesagt egal.

Derek jedoch hatte ein paar Worte für ihn. »Also, so sieht's aus. Du hast eine schlechte Entscheidung getroffen, als du diesem Barry gefolgt bist, aber das heißt nicht, dass du dein Leben nicht umkrempeln kannst. Du wirst auf das Schneemobil steigen und verschwinden. Und mit verschwinden meine ich, dass du dich dorthin verpissen sollst, wo du hergekommen bist, denn wenn ich dich jemals wieder in dieser Gegend sehe, werde ich dich an meinen Häcksler verfüttern und unseren Garten mit deinen zerfetzten Überresten düngen. Habe ich mich klar ausgedrückt?«

»Wie soll ich denn fahren? Meine Beine funktionieren nicht«, plapperte der Mann.

»Nicht mein Problem. Du hast dir das ausgesucht.«

Ares schürzte die Lippen. »Bist du sicher, dass wir uns den Ärger nicht einfach ersparen und ihn jetzt töten sollten?«

»Er ist jung genug, dass er, falls er überlebt, immer noch Buße tun und sich bessern kann.«

»Das sollte er besser tun ...«, knurrte Ares.

Sie warteten nicht ab, um zu sehen, ob der Kerl es schaffte loszufahren. Sie sprangen auf ihre Schneemobile und rasten los, fast blindlings auf dem Weg, den sie sich gebahnt hatten, wobei die Sicht immer schlechter wurde, als der nächste Sturm aufzog.

Als sie die Markierung erreichten, die ihnen anzeigte, dass sie den Rand der Farm erreicht hatten, fielen die Schneeflocken dicht und schnell.

Sie wurden nicht langsamer und konnten trotz des Sturms schon bald die glühenden Lichter des

Hauses sehen ... und ein paar Motorschlitten, die vor dem Haus geparkt waren.

Kaum hatte Ares den Motor abgestellt, standen Charlotte sowie Oma und Opa auf der Veranda, Letztere mit Gewehren in der Hand.

Charlotte sah verzweifelt aus.

Sie war nicht die Einzige.

»Wo ist Athena?«, brüllte Derek, während er seinen Helm abnahm.

»Sie ist hinter den Schlägern her, die versucht haben, Greta zu entführen«, verkündete Oma mit finsterer Miene.

»Sie hat was getan? Ist sie wahnsinnig?«, schrie Derek.

»Wir haben ihr gesagt, sie solle auf euch warten, aber da die Kleine abgehauen ist und diese Arschlöcher ihr auf den Fersen sind, hat Athena beschlossen, ihnen in ihrer Wolfsgestalt zu folgen. Gut, dass sie so aufgeregt war, dass sie sich verwandelt hat.«

»Warte mal kurz. Willst du damit sagen, dass Greta in diesem Sturm da draußen ist?« Ares konnte seinen Schock – und seine Angst – nicht verbergen. Der Wald konnte selbst bei günstigen Bedingungen gefährlich sein, aber bei dieser Art von Wetter und angesichts der Tatsache, dass Teile des Waldes mit Sprengfallen versehen waren, konnte er tödlich werden, besonders für ein kleines Kind.

»Ich wollte ihnen folgen, aber Athena sagte mir, ich solle zurückbleiben.« Charlotte brach die Stimme. »Sie sagte, sie sei besser ausgerüstet, um sie zu finden.«

»Ich gehe ihnen nach.« Ares warf seinen Helm auf den Sitz des Schneemobils.

»Bevor du auch losrennst, solltest du noch etwas wissen.« Charlotte schluckte schwer, bevor sie flüsterte: »Greta hat sich in einen Wolf verwandelt.«

»Was?«, sagte Ares, doch dann wurde es ihm klar. Wenn Barry ein Lykaner war, dann war es nur logisch, dass auch Greta einer war.

Charlotte rang die Hände. »Ich habe nie geglaubt, dass sie einer ist, bis heute. Als Barry versucht hat, mir wehzutun, hat Greta sich verwandelt. Ich sagte ihr, sie solle weglaufen, aber er verfolgte sie.« Ihre Lippen zitterten, als sie flüsterte: »Du musst sie finden. Sie ist so winzig. Sie ist noch ein Baby.«

»Ich werde sie zurückbringen.«

Wir werden sie finden und diejenigen vernichten, die dem Welpen etwas antun wollen.

»Sie haben keinen großen Vorsprung«, sagte Oma. »Es ist noch keine zehn Minuten her, seit die Kleine abgehauen ist.«

Eine Ewigkeit in einem Sturm, der Spuren und Gerüche schnell verwischte.

Er warf einen Blick auf Derek. »Ich nehme an, du kommst auch mit. Nimm auf jeden Fall ein Gewehr mit und einen Rucksack mit warmen Sachen für Greta und Athena.«

»Du nimmst nichts mit?«

»Ziemlich schwer, da ich auf vier Pfoten gehe.«

Er hörte Charlottes scharfes Einatmen. »Es ist also wahr?«

Ares fürchtete, sie anzuschauen und die Verurteilung zu sehen. Er verstand jetzt ihre Angst vor ihrem Ex. Würde sie sich auch vor ihm fürchten? »Ja. Ich bin ein Lykaner, aber ...« Er wagte einen Blick auf sie. »Nicht so wie dieser Mistkerl.«

»Das glaube ich dir«, erwiderte sie leise. »Kannst du Greta finden?«

»Ich werde nicht ohne sie zurückkommen«, schwor er. »Wenn es euch nichts ausmacht, werde ich mich jetzt ausziehen.«

Er hätte sich für die Verwandlung verstecken können. Immerhin hatte er diese Seite von sich sein ganzes Leben lang vor allen außer seiner unmittelbaren Familie verborgen. Aber diese Leute gehörten jetzt auch zur Familie, und Charlotte musste sehen, dass sein Wolf nichts war, vor dem sie sich fürchten musste. Er wollte – oder besser gesagt, er brauchte es –, dass sie ihn so akzeptierte, wie er war.

Also benimm dich, befahl er seiner anderen Hälfte, während er sich schnell an seiner Kleidung zu schaffen machte.

Sie soll meine Fähigkeiten sehen und bewundern, erklärte sein eingebildeter Wolf.

Oder sie würde schreien.

Hoffentlich Ersteres.

Der beißende Wind schmerzte auf seiner Haut und peitschte sie mit Schnee, ein Unbehagen, das nur wenige Sekunden anhielt, als er seine Bestie hervorholte. Es bedurfte keiner großen Überredungskünste. Im Gegensatz zu seinen Schwestern hatte Ares seine Verwandlung immer gut unter Kontrolle gehabt. Er konnte sogar den Verlockungen des Mondlichts widerstehen – er entschied sich nur meist dagegen.

Er landete mit vier Pfoten auf dem Boden und schüttelte sich, um sein Fell zu lockern. In dieser Form war er mehr Passagier als Fahrer, aber er vertraute seiner Bestie.

Finde den Welpen.

Mit einem letzten Blick auf Charlotte, die ihn mit großen Augen anstarrte, aber zum Glück nicht zusammenzuckte, machte er sich auf den Weg.

Er trabte schnell und bemerkte, wie die Spuren sich schnell mit Schnee füllten.

Pfotenabdrücke, große männliche, neben kleineren, die zu Athena gehörten, aber es war der Anblick der winzigen Abdrücke, der ihn am meisten traf.

Die Prinzessin war ein Wolf wie er. Kein Wunder, dass sie so schnell ein Band geknüpft hatten.

Sagte ich doch: Welpe.

Ares hatte seine Bestie nicht wörtlich genommen.

Konntest du es nicht riechen?

Nein. Greta schien ein normales Kind zu sein. Andererseits wirkten alle Lykanthropen nach außen hin wie Menschen. Man musste ihre DNA genauer analysieren, um den Unterschied zu erkennen.

Als Ares den Wald betrat, ließ der peitschende Schnee nach, aber auch die Sicht. Gut, dass er seine Augen nicht zum Aufspüren brauchte. Er musste nur gelegentlich die Nase senken, um die verbliebenen Duftspuren aufzunehmen, die seine Schritte lenkten. Ein entferntes Bellen ließ ihn aufhorchen. Barry hatte drei weitere bei sich. Vier gegen einen. Ares gefielen die Chancen. Zumindest für ihn selbst. Athena war zwar zäh, konnte es aber nicht mit vier ausgewachsenen Männchen aufnehmen.

Als er vor sich ein Knurren hörte, beschleunigte

er seinen Schritt. Bei dem folgenden scharfen Kläffen stellten seine Nackenhaare sich auf.

Der Welpe ist in Gefahr.

Was er nicht sagte. Er stürmte an einigen verschneiten Büschen vorbei und sah, dass ein Kampf stattfand. Athena stand hoch oben auf einem großen Felsen, ihr weißes Fell verschmolz mit dem verschneiten Hintergrund. Sie schien unverletzt zu sein, ihre Flanken waren nicht rot, und ihre Augen glühten vor Wut. Hinter ihr stand, zitternd und doch tapfer, ein kleiner Wolf.

Prinzessin.

Der Welpe.

Ihnen gegenüber standen vier räudige Köter. Der größte von ihnen knurrte und bellte Athena an, aber jedes Mal, wenn er sich dem Felsen näherte, senkte sie den Kopf und fletschte die Zähne.

Sie ist wild, erkannte sein Wolf an.

Das sind wir auch.

Ares gab keine Vorwarnung, und doch hörte einer der Wölfe ihn kommen und drehte den Kopf, gerade als Ares angriff. Der rostbraune Wolf konnte nicht mehr ausweichen, als Ares in seine Seite prallte und sie beide zu Boden stürzte. Zähne prallten aufeinander, als sie um die Oberhand kämpften. Es war jedoch kein wirklicher Kampf, denn Ares war der größere Wolf – und gemeiner, wenn seine Prinzessin bedroht wurde.

Er legte seine Zähne um den gegnerischen Hals und drückte zu, biss weiter, selbst als die Knochen knackten, übte weiter Druck aus, bis der Körper erschlaffte. Nicht gerade das, was er seiner Prinzessin zeigen wollte, aber zumindest gab es nur wenig Blut.

Noch bevor er sich vollständig gelöst hatte, kam ein anderer Wolf bellend auf ihn zu. Ares entging nur knapp einem Biss. Dieser Wolf war älter und gerissener. Nach den Narben in seinem Fell zu urteilen war er offensichtlich kampferfahren. Sie wälzten sich im Schnee, während jeder versuchte, zum Todesbiss anzusetzen. Ein scharfes Kläffen war die einzige Warnung, die er bekam, bevor ein anderer Köter ihn am Bein packte. Der Schmerz war jedoch nur von kurzer Dauer, denn Athena stürzte sich auf das Tier und befreite ihn.

Während Ares sich um seine beiden kümmerte, stürzte der größte Wolf sich auf Athena, packte ihr Fell mit den Zähnen und zerrte so stark, dass seine Schwester aufjaulte.

Athena!

Wie kann er es wagen, unsere Schwester zu verletzen?

Ares stieß ein mächtiges Heulen aus und trat mit der Pfote nach dem Wolf, der ihn immer noch belästigte. Mit dieser überraschenden Bewegung, die keinen Einsatz von Zähnen erforderte, kratzte er mit einer Kralle über ein Auge der anderen Bestie. Er heulte vor Schmerz auf, wich zurück und schüttelte den Kopf. Er war nicht mehr an einem Kampf interessiert, aber sein Begleiter hatte seine Lektion noch nicht gelernt. Der gestreifte Wolf stürzte sich auf Ares, sabbernd und rasend vor Mordlust. Das machte ihn unbeholfen. Ares wich zur Seite aus, als er angriff, und drehte den Kopf, um ihn im Nacken zu packen, so fest, dass das Genick brach. Der Körper erschlaffte, sodass Ares sich um den großen Rohling kümmern konnte, der hinter Athena her war.

Er ließ den Kopf tief sinken und knurrte, um die Aufmerksamkeit des Wolfes von seiner Schwester abzulenken. Athena trat nach links und klemmte die Bestie zwischen ihnen ein.

Manche würden vielleicht sagen, das sei nicht fair, zwei gegen einen, aber Fairness gab es in der Welt der Lykaner nicht. Und schon gar nicht für ein Stück Scheiße, das Frauen misshandelte und Kinder terrorisierte.

Wie synchronisiert stürzten beide sich auf Barry – er musste es sein, denn den anderen fehlte die Alpha-Ausstrahlung. Der Rohling schwang den Kopf nach links und rechts, fletschte die Zähne, knurrte, konnte den Angriff aber nicht aufhalten. Athena versenkte ihre Zähne in seiner Lende und durchtrennte möglicherweise eine Sehne, denn das Bein wurde schlaff. Ares zielte auf den Hals, verfehlte ihn aber und bekam nur ein Maul voll Fell.

Barry erkannte, dass er unterlegen war, schüttelte sich und lief davon, jedoch langsam, da er sein verletztes Bein hinter sich herzog. Ares hätte ihn gehen lassen können, aber solange der Scheißkerl atmete, stellte er eine Gefahr für Charly und Greta dar. Für seine ganze Familie.

Ares stieß ein scharfes Bellen aus.

Bleib bei dem Welpen, war der Befehl für seine Schwester, bevor Ares hinter Barry herlief. Anders als der verletzte Feind blieb er geschmeidig und schnell. Der Wald, durch den er sich bewegte, mochte ihm fremd sein, aber die Gerüche waren ihm vertraut. Tannenbaum. Kiefer. Auf einer offenen Strecke, auf der Barry versuchte, etwas Geschwindigkeit aufzunehmen, entdeckte er eine Vertiefung im frisch gefallenen Schnee und erinnerte sich an ein Gespräch, das er vor einiger Zeit mit Derek geführt hatte.

»Nur damit du es weißt, falls du dich jemals entschließt, auf dem Grundstück deinen Wolf herauszulassen, denk daran, dass Oma und Opa Fallen im Wald aufgestellt haben. Bleib auf den Hauptwegen, um sie zu vermeiden.«

»Was für Fallen?«, hatte er gefragt.

»Tellereisen, Schlingen, sogar einige Gruben. Du solltest den Bären sehen, den sie letztes Jahr in einer gefunden haben.«

Die Erinnerung daran verlangsamte seine Schritte, aber Barry wurde nicht langsamer. Er lief über die eingesunkene Stelle.

Diese gab nach und riss den Wolf mit sich.

Ares näherte sich vorsichtig der Grube, wobei er darauf achtete, Abstand vom Rand zu halten, aber dennoch nach unten spähte.

Der Körper eines Wolfes, dessen Kopf in einem unnatürlichen Winkel gekrümmt war, lag auf dem Grund, der Tod abrupt. Endgültig.

Der Schrecken, den der Mann verursacht hatte, war vorbei.

Gut.

Noch besser, Barry hatte keine Zeit zur Verwandlung gehabt, was bedeutete, dass er ein Wolf bleiben würde und sie somit keine Leiche loswerden mussten.

Nachdem diese Bedrohung beseitigt war, trabte Ares zurück zu seiner Schwester und Greta. Der Wolf, den er geblendet hatte, war geflohen, da er kein Interesse mehr an einem Kampf hatte, den er nicht gewinnen konnte. Ares überlegte, ob er ihm folgen sollte, aber ein entferntes Jaulen und ein scharfes Heulen, das abrupt endete, ließen ihn glauben, dass es nicht nötig sei. *Danke, Oma und Opa, dass ihr paranoid seid.*

Athena stand vor dem Felsen und schirmte Gretas Körper mit ihrem eigenen ab.

Ares trabte heran und beugte sich nach unten, um nicht über dem kleinen Welpen aufzuragen.

Große Augen musterten ihn, und seine Prinzessin stieß ein leises Winseln aus. Er rückte näher und schnaufte.

Hab keine Angst.

Obwohl es ihre erste Verwandlung war, verstand sie, dass er ihr nichts Böses wollte, und kroch hinter Athena hervor, bis sie ihre Nase an seiner reiben konnte.

Alles wird gut werden.

Er würde sich um seine kleine Prinzessin kümmern. Seine kleine Wölfin.

Greta lehnte sich an ihn und seufzte. Athena stieß ein Geräusch aus und blickte in Richtung der Farm.

Gehen wir zurück?

Er wippte mit dem Kopf.

In einer Minute. Die Kleine musste getröstet werden.

Er beschnupperte sie, um sicherzugehen, dass sie nicht gelitten hatte. Kein Blut und sie zuckte nicht zurück, also wahrscheinlich auch keine Prellungen. Sie hatte aufgehört zu zittern und schien neugierig auf ihre neue Gestalt zu sein, denn sie streckte ihre Pfoten zur Untersuchung aus. Ihr Schwanz zuckte, und sie drehte den Kopf immer weiter, während sie im Kreis wirbelte und versuchte, ihn zu fangen.

Er schnaufte amüsiert.

Greta ließ sich auf ihren pelzigen Hintern plumpsen und die Zunge heraushängen.

Es wird alles bestens sein.

Der kleine Körper des Welpen versteifte sich, aber er machte sich keine Sorgen, selbst als sie jemandes schwere Atemzüge und das Knirschen von Schnee hörten. Er wusste, wer kam.

Unsere Gefährtin.

Der kleine Welpe lehnte sich an ihn und zitterte, nicht vor Kälte, wie er vermutete, sondern vor Angst. Angst davor, was ihre Mutter sagen oder denken könnte. Er streifte sie mit der Nase, um ihr zu zeigen, dass sie bei ihm immer willkommen war. Athena tat es ihm auf der anderen Seite gleich. Den kleinen Welpen flankierend warteten sie darauf, dass Charlotte und Derek in Sichtweite kamen, wobei die Taschenlampen, die sie in der Hand hielten, um die Dunkelheit des Sturms zu durchdringen, mit ihrer Bewegung wippten. Als die

Lichter sich stabilisierten, wurde das Wolfstrio angestrahlt.

Er hielt seinen Kopf hoch und voller Stolz. Er weigerte sich, zu kauern und sich zu verstecken.

Die Frage war nur, würde Charly ihn so akzeptieren, wie er war?

KAPITEL SECHZEHN

In dem Moment, in dem Ares auf der Suche nach Greta im Wald verschwand, wollte Charlotte ihm folgen. Oma spürte das, und während sie Derek mit einer Tasche voller Vorräte – Decken, Socken, Taschenlampen, Streichhölzer, sogar Lebensmittel und Wasser – ausstattete, zog sie Charlotte auch einen von Opas Wintermänteln und eine lange Unterhose an. Das Schuhwerk erwies sich als knifflig, denn ihre Füße waren kleiner als die von Athena, aber größer als die von Oma. Sie mussten die Zehen von Athenas Stiefeln ausstopfen, damit sie sie nicht zu verlor. Die Mütze und die Fäustlinge passten gut.

Eingemummelt wie das Michelin-Männchen folgte sie Derek, als er schnell in den Wald wanderte und den verblassenden Spuren folgte, die Ares hinterlassen hatte. Es schneite immer noch heftig, aber der Wind hatte nachgelassen, sodass er wenigstens nicht mehr im Gesicht brannte. Die Sicht war jedoch weiterhin schlecht, und als sie in den Wald eintraten, wurde es dunkel, obwohl es erst Nachmittag war.

Während sie liefen – und Charlotte von der Anstrengung schnaufte, in übergroßen Klamotten zu stapfen –, fragte sie: »Wie ist es, eine Beziehung mit einem Werwolf zu haben?«

Derek brauchte eine Sekunde, um zu antworten. »Kommt drauf an, was du meinst. Ist Athena anders als andere Frauen, mit denen ich zusammen war? Ja, das ist ein Teil dessen, was mich zu ihr hingezogen hat. Aber selbst wenn sie kein Wolf gewesen wäre, hätten wir uns mit Sicherheit gut verstanden, weil ich ihre Persönlichkeit liebe.«

»Du hast keine Angst, dass sie dir wehtut, wenn sie ...« Charlotte hielt in Ermangelung eines Wortes inne. »Sich verwandelt?«

»Werwölfe, oder Lykaner, wie sie lieber genannt werden, sind keine wilden Bestien.«

»Barry schon.«

»Aber das liegt nicht an seinen Genen. Er ist generell ein Arschloch.«

»Wie hast du es bei ihr erfahren? Ich hatte ehrlich gesagt nie den Verdacht, dass Barry eine andere Seite hat, und wir waren etwas mehr als ein Jahr zusammen.«

»Es gibt subtile Anzeichen. Athena hat einen ausgezeichneten Geruchssinn und ein wahnsinniges Gehör. Wenn sie aufgeregt ist, fängt sie an, mit dem Fuß zu wippen. Und sie jagt ständig Sachen durch den Garten.«

»Bei Ares ist mir nichts von alledem aufgefallen.«

»Ares schafft es besser, seine Wolfsseite im Zaum zu halten.«

»Wird euer Baby ein Wolf sein?«

»Höchstwahrscheinlich. Und ich hoffe es irgendwie, auch wenn es mir Angst macht.«

Sie blickte ihn an. »Es macht dir Angst?«

»Nicht weil ich Angst habe, dass mein Kind mir wehtun könnte, sondern weil andere ihr wehtun könnten.« Er hielt inne, bevor er sagte: »Als ich Athena kennenlernte, war sie gerade einem Arzt entkommen, der sie vor der ganzen Welt offenbaren wollte. Sie in einen berühmten Freak verwandeln wollte. Er hat ihr schreckliche Dinge angetan.«

»Oh Scheiße«, flüsterte Charlotte und dachte an Greta.

»Jetzt ist er tot. Aber wir sind uns immer der Tatsache bewusst, dass jemand anderes an seine Stelle treten könnte, dass jemand merken könnte, dass an Athena und ihrer Familie etwas anders ist.«

»Ich habe nie vermutet, dass Greta wie ihr Vater ist.« Sie schien völlig normal zu sein, also ein Mensch.

»Ares und Athena auch nicht. Es ist nichts, was man sehen oder riechen kann.«

Sie stapften weiter, bis Derek fluchte. »Scheiße, ich kann die Spuren nicht mehr sehen.« Er holte seine Taschenlampe heraus, ebenso wie sie, und leuchtete damit herum. Doch der fallende Schnee hatte die Pfotenabdrücke verdeckt, denen sie gefolgt waren.

»Sollen wir nach ihnen rufen?«

Derek schürzte die Lippen. »Ich möchte nicht ablenken, wenn sie kämpfen oder sich verstecken.«

Kämpfen? Das machte Sinn. Aus irgendeinem Grund hatte sie auf dem Weg vergessen, dass Barry und seine Schläger auch hinter Greta her waren. Sie war mehr damit beschäftigt gewesen, ihre Tochter zu finden.

Piep.

Ein zwitscherndes Geräusch lenkte ihren Blick auf ein Eichhörnchen, das auf einem Ast saß. Ein Eichhörnchen mit einem weißen Büschel auf dem Kopf, ähnlich wie das, das vom Baum gesprungen war, um Barry zu kratzen.

»Das wird sich jetzt seltsam anhören, aber ich

glaube, ich erkenne es«, murmelte sie. »Ich bin mir ziemlich sicher, dass es dasselbe Eichhörnchen ist, das in dem Baum saß, den Ares uns gebracht hat.« Das weiße Büschel auf seinem Kopf war unverkennbar.

Derek lachte. »Na, das gibt's doch nicht. Skippy muss sich darin versteckt haben.«

»Skippy?«

»Das Eichhörnchen, von dem Ares schon seit einigen Jahren verspottet wird. Er scheint zu denken, dass die ganze Baumschule sein Reich ist, und macht meinem Jungen jedes Mal Ärger, wenn er einen Baum fällen muss.«

Das Eichhörnchen schnatterte, bevor es auf den Ast eines Baumes sprang, der etwas weiter vorn und links von ihnen stand. Es blickte zu ihnen zurück und zwitscherte noch etwas.

»Geht es nur mir so oder will er, dass wir ihm folgen?«, fragte Derek.

Einem Eichhörnchen folgen? Es konnte nicht merkwürdiger sein, als dass ihr Kind ein Werwolf war.

Also stapften sie in die Richtung, in die das Eichhörnchen sie führte, wobei Derek aufmerksam die Bäume beobachtete, bis sie fragte: »Wonach suchst du?«

»Fallenmarkierungen.«

»Äh, was?«

»Oma und Opa mögen keine Eindringlinge, deshalb haben sie den Wald mit Fallen versehen.«

Charlotte erstarrte auf der Stelle. »Ist das nicht gefährlich?«

»Nur wenn man nicht weiß, wonach man suchen muss.« Er deutete auf einen Baum mit einer Kerbe in der Rinde. »Das bedeutet, dass dort eine Schlinge ist, also halte dich links.«

Sie musterte die Stelle misstrauisch, als sie vorbeikamen. »Wie viele gibt es hier?«

»Nicht mehr so viele wie früher. Opa hat sie wegen Athena langsam abgebaut. Er will, dass sie einen sicheren Ort hat, an dem sie laufen kann, wenn Vollmond ist. Bis jetzt hat er den nördlichen und westlichen Teil unseres Grundstücks entschärft. Aber im südlichen Teil gibt es noch ein paar.«

Und ihr Kind und Ares und Athena waren hier draußen!

Das Eichhörnchen ließ sie nicht aus den Augen, sprang von Ast zu Ast, bis es stehen blieb und schnatterte.

»Ich glaube, wir sind gleich da. Wir sollten unsere Taschenlampen ausschalten, bis wir wissen, was los ist«, schlug Derek vor. Sie schlichen weiter, während ihr Herz raste und ihr Atem in stockenden, sichtbaren Stößen kam. Sie hielten inne, um zu lauschen, aber sie hörten nichts. Und sahen noch weniger.

Schließlich flüsterte Derek: »Klingt nicht so, als sei da jemand.«

»Was meinst du?« Hatte das Eichhörnchen sie in die Irre geführt?

Derek schaltete seine Taschenlampe ein und ging voran, während sie schnaufte, um mit ihrem eigenen schwankenden Lichtkegel Schritt zu halten.

Als sie auf einer kleinen Lichtung landeten, dauerte es einen Moment, bis ihre Taschenlampen stabil genug waren, um etwas zu erkennen.

Im grellen Licht sahen sie sie, drei Wölfe, wobei die beiden größeren Tiere die Kleine zwischen sich hielten. Ein kleiner Welpe, der sie mit großen Augen anstarrte.

Bis zu diesem Moment war Charlotte nicht sicher gewesen, wie sie reagieren würde. Ihr Kind war ein Lykaner. Ein Werwolf. Eine Bestie, die gern jagte – und tötete. Eine Anomalie, die in Gefahr wäre, wenn die falschen Leute – also die Regierung – es herausfanden.

Aber die kleine Wölfin war auch Greta. Ihr süßes kleines Mädchen, das ein Segen und eine Freude war. Als Charlotte sie sah, mit ihrem winzigen, zitternden Körper und ihren großen, traurigen Augen, wurde ihr klar, dass sie immer noch dasselbe Baby war, das sie immer geliebt hatte.

»Süße!« Sie fiel auf die Knie und streckte die Arme aus, und der kleine Wolf stürmte durch den Schnee und stürzte sich auf sie.

Charlotte lachte, als sie mit dem Hintern im Schnee landete, während Greta auf ihr lag und mit dem Schwanz wedelte, wobei ihr ganzer Körper wackelte, als sie ihr die salzigen Tränen von den Wangen leckte. Sie hatte nicht einmal bemerkt, dass sie zu weinen begonnen hatte.

»Meine Güte, du bist ein zappeliger kleiner Welpe. Heißt das, du wirst nicht mehr nach einem Hund fragen?«, scherzte sie.

Der Wolfswelpe verwandelte sich plötzlich in ein sehr nacktes Kind, das antwortete: »Ich hätte lieber ein Eichhörnchen.«

»Natürlich hättest du das.« Charlotte lachte.

»Hier, zieh das an.« Derek öffnete den Rucksack und zog einige Kleidungsstücke heraus. Charlotte zog ihr Kind an, wobei sie sich auf Greta konzentrierte und nicht auf die beiden anderen Wölfe, von denen einer ziemlich groß war.

Pullover, Hose, Socken, Stiefel, Mantel, Mütze, Handschuhe. Bald war Greta bekleidet und zog eine Grimasse. »Es ist so viel schwieriger, sich darin zu bewegen. Ich hätte ein Wolf bleiben sollen.«

Derek war von ihrer Seite gewichen, um sich

um Athena zu kümmern, die sich ebenfalls verwandelte, um sich anzuziehen, sodass nur Ares in Wolfsgestalt übrig blieb. Er trug ein dichtes dunkles Fell, anders als das weiße seiner Schwester und das gräuliche von Greta, und seine Größe entsprach eher der eines Ponys als der eines Hundes, was angesichts seines Gewichts als Mann auch Sinn machte. Er musterte sie misstrauisch. Zu Recht. Er wusste, wie sie über Barry dachte – und warum. Barry war ein sadistischer Mörder gewesen. Ein Tyrann. Ein Betrüger, der seine dunkle Seite versteckt hatte.

Aber Ares war nicht so wie er.

Ares war immer nur nett zu ihr gewesen. Er hatte sich um sie gekümmert. Er hatte sich in die Gefahr gestürzt, um ihr Kind zu retten.

Es kostete weniger Mut als erwartet, sich ihm zu nähern. Die Hand auszustrecken und das Fell auf seinem Kopf zu streicheln.

»Kraul ihn hinter den Ohren, wenn du willst, dass er mit dem Bein klopft«, sagte Athena.

Mit diesem Ratschlag tat sie es, und nicht nur sein Bein drehte durch, sondern auch sein Schwanz. Greta schloss sich ihr an und murmelte: »Ares hat mich gerettet, Mama. Er und Athena.«

»Ich weiß. Ich bin ihnen zu tiefstem Dank verpflichtet.«

Greta umarmte den Riesenwolf. »Er ist ein Held. Ich wünschte, er wäre mein Daddy.«

Apropos, Charlotte entdeckte zwar einige rote Flecke im Schnee und zwei tote Wölfe, aber keiner von beiden schien Barry zu sein.

Sie blickte zu Athena und fragte tonlos: *Wo ist Barry?*

Athenas Lippen bewegten sich. *Tot.*

Gut. Wenigstens musste sie sich keine Sorgen mehr machen, dass er hinter Greta her war. Und was die Folgen betraf, wenn seine Leiche entdeckt würde ... Sie würde damit fertigwerden, wenn es so weit war. War es falsch, erleichtert zu sein, dass der Vater ihres Kindes umgekommen war? Wahrscheinlich, aber ehrlich gesagt kümmerte sie sich nicht darum, nicht nach dem, was er getan hatte.

Ein pelziger Kopf stupste ihre Hand an, und der Ausdruck in Ares' Augen sprach zu ihr. *Du bist in Sicherheit.*

Zum ersten Mal seit Langem musste sie nicht mehr weglaufen oder sich verstecken.

»Lasst uns zurück zum Haus gehen«, sagte Derek. »Tut mir leid, Bruder, aber im Rucksack gab es keinen Platz für mehr Sachen, also musst du auf vier Pfoten gehen.«

Ares übernahm die Führung und trabte mit hocherhobenem Schwanz, zielsicher in seinem Weg, aber er passte sich auch an. Während er sich schnell bewegen konnte, waren Greta und Charlotte dazu nicht in der Lage. Als sie aus dem Wald herauskamen, war der dichte Schneefall zu wenigen Flocken geschrumpft. Vor dem Haus waren Laternen angezündet und aufgestellt worden, die ihnen einen warmen Empfang bereiteten. Doch die Wärme im Haus war das Beste von allem.

Charlotte hatte gar nicht gemerkt, wie kalt ihr war, bis sie aufzutauen begann. Sie zog die Schichten aus und nahm dankbar die Tasse heißen Kakao entgegen, dem etwas beigemischt war, das ihren Bauch wärmte.

Oma hatte Greta am Holzofen in eine große Decke eingewickelt und ihr eine Tasse mit etwas Dampfenden angeboten. Athena verdrehte die Augen, als Derek ihr eine leise Ansprache hielt. Aber wo war Ares?

Sie ging in den Flur und sah ihn die Treppe hinaufgehen, eine Decke um die Hüften.

»Warum schleichst du dich davon?«

Er warf ihr einen Blick zu. »Ich hole nur ein paar Klamotten.«

»Danke für das, was du getan hast.«

»Als würde ich zulassen, dass jemand der Prinzessin wehtut.«

»Wusstest du von …« Sie konnte es nicht ganz aussprechen.

Er schüttelte den Kopf. »Mein Wolf wusste es, aber ich habe nicht verstanden, was er mir gesagt hat.«

»Das erklärt wohl, warum ihr so schnell eine Bindung zueinander aufgebaut habt.«

Seine Mundwinkel zuckten. »Du glaubst nicht, dass es an meinem Charme und meinem guten Aussehen lag?«

Sie lachte. »Oh, das hat ganz sicher geholfen.«

»Geht es dir gut?«, fragte er in einem ernsteren Ton.

»Überraschenderweise glaube ich schon.«

»Und wenn ich sage, dass sie sich morgen Nacht bei Vollmond wieder verwandeln könnte ...«

Sie blinzelte. »Ich hatte vergessen, dass es so weit ist. Glaubst du, sie wird es so bald wieder tun?«

Er zuckte mit den Schultern. »Vielleicht. Manche verwandeln sich von Geburt an bei Vollmond. Manche wachsen erst im Teenageralter hinein.«

»Aber sie hatte heute keinen Mond und hat sich trotzdem verwandelt. Das habt ihr alle.«

»Es ist möglich, aber nicht jeder kann es tun. Die meisten brauchen starke Emotionen. Wie Selene, sie verwandelt sich, wenn sie wütend ist. Athena muss sich wirklich anstrengen.«

»Du nicht?«

»Ich nicht.«

»Wirst du Greta beibringen, wie man ein Lykaner ist?« Sie benutzte den neuen, ungewohnten Begriff, um ihn nicht zu beleidigen.

»Es wäre mir ein Vergnügen.«

»Und mir? Wirst du mir auch zeigen, wie ich sie unterstützen kann?« Sie hielt inne, bevor sie leise hinzufügte: »Und dich?«

Er kam die wenigen Stufen wieder herunter, um vor ihr zu stehen und zu murmeln: »Es wäre mir ein großes Vergnügen.«

Sie sah ihn an. »Ich bin wirklich froh, dass du mich gestalkt hast, Ares McMurray.« Sie sagte es, bevor sie die Nerven verlieren konnte.

»Ich auch, Charly.«

Er küsste sie, ein sanfter, süßer und zärtlicher Kuss, der von einem Kind unterbrochen wurde, das rief: »Mama, Oma röstet Hotdogs im Kamin. Komm und sieh es dir an!«

Ares seufzte. »Ich sollte mich wohl besser daran gewöhnen, dass mir die Tour vermasselt wird.«

Sie streichelte ihm über die Wange. »Nur bis sie ins Bett geht.«

Was sich als nicht so früh herausstellte wie erwartet, denn ein Kind an Heiligabend hatte zu viel aufgedrehte Energie, ganz zu schweigen von den Resten der Aufregung nach einem Tag voller Gefahren.

Schließlich ging Greta ins Bett – nachdem sie allen eine Umarmung und einen Kuss gegeben hatte.

Aber Charlotte konnte sich noch nicht mit Ares davonschleichen. Als Nächstes ging es ans Einpacken der Geschenke – mit Hilfe – und daran, sie unter den Baum zu legen. Die Strümpfe wurden gefüllt. Der Teller mit den Keksen wurde zusammen mit der Milch verschlungen.

Schließlich wurde Gute Nacht gesagt, und als Ares ihre Hand nahm, um sie nach oben zu führen, flatterte ihr Herz. Aus irgendeinem Grund fühlte es sich dieses Mal anders an; sie hätte nicht sagen können warum. Sie brauchte sein sanftes Lächeln, um es zu begreifen.

Es gab nichts, was zwischen ihr und Ares stand. Keine Geheimnisse. Sie wurde nicht mehr von ihrer Vergangenheit gejagt. Sie konnten zusammen sein.

Als die Tür sich hinter ihnen schloss, hielt er ihre Hände und murmelte: »Warum zitterst du? Hast du Angst vor mir?«

Sie schüttelte den Kopf und sagte dann, was sie in ihrem Herzen fühlte. »Im Gegenteil, ich glaube, ich liebe dich.«

KAPITEL SIEBZEHN

Ares starb fast, als er ihr leises Eingeständnis hörte, und brauchte dann so lange, um zu antworten, dass sie den Kopf senkte und flüsterte: »Es tut mir leid. Ich hätte es nicht sagen sollen. Es ist noch zu früh.«

Er drückte sie an sich. »Wage es nicht, es zurückzunehmen. Du hast mich überrumpelt, weil ich erwartet habe, dass du länger brauchst, um es zu erkennen.«

»Du wusstest, dass ich mich in dich verliebt habe?«

»Ich kann es dir nicht verdenken, denn ich bin fantastisch, aber falls es dir hilft, ich habe mich zuerst verliebt. Von dem Moment an, in dem wir uns zum ersten Mal trafen, habe ich nicht aufgehört, an dich zu denken, Charly. Ich will mit dir zusammen sein, jetzt und immer. Ich will, dass wir – du, ich und Greta – eine Familie sind.«

»Wirklich?« Bei ihrem schüchternen Lächeln fuhr er mit einem Finger über ihre Wange.

»Ich habe mir nie etwas sehnlicher gewünscht.«

Und um ihr zu zeigen, was er empfand, küsste er sie.

Diesmal gab es keine Unterbrechung. Die Umarmung enthielt alles, Leidenschaft, Zärtlichkeit, Akzeptanz. Sie ließ beide zitternd und erregt zurück.

Als er sie auf das Bett legte und seinen Körper an sie drückte, stöhnte sie leise. Ihre Lippen berührten sich, während sie mit den Händen an Stoff zerrten und zogen und die Kleidung auszogen, die ihre Körper trennte.

Ein leises Lachen ertönte, als er sich in seinem Rollkragenpullover verfing. Ein ungeduldiges Schnaufen von ihm, als der Knopf ihrer Hose nicht durch die Schlaufe rutschte. Schon bald waren sie nackt, Haut an Haut, während sie sich mit Berührungen reizten.

Er verließ mit den Lippen ihren Mund, um ihren Kiefer zu küssen und dann ihren Hals hinunter, wobei er innehielt, um an ihrem flatternden Puls zu saugen.

Sie liebte ihn.

Er hatte nicht erwartet, wie er sich fühlte, als er diese Worte hörte.

Gesehen. Gewollt. Beschützend.

Gepaart.

Dies war die Frau, auf die er gewartet hatte, und es war an ihm, sie glücklich zu machen, sie zu befriedigen.

Er umschloss eine Brustwarze mit den Lippen. Sie schnappte nach Luft und krümmte sich, gab leise Laute der Lust von sich. Jedes Geräusch machte ihn nur noch härter.

Er spielte mit ihren Brüsten, neckte die Spitzen, drückte sie mit seinen Händen. So eine schöne Handvoll, aber es gab noch mehr zu erkunden. Der Duft ihrer Erregung machte ihn hungrig.

Er bahnte sich einen Weg nach unten, wanderte mit den Lippen über ihren runden, weichen Bauch und streifte die Lockenpracht an ihrem Unterleib.

Sie war feucht. Er brauchte nicht hinzusehen, um es zu wissen. Er konnte ihren Honig riechen. Konnte ihn praktisch schmecken.

Mit einem leichten Stupsen spreizte er ihre Oberschenkel, legte sich dazwischen und sah die rosafarbene Perfektion ihres glitzernden

Geschlechts. Er blies heiß auf ihre Schamlippen, woraufhin sie sich wand. Dann zog er sie mit den Fingern auseinander, bevor er sie küsste.

Sie stöhnte.

Das süßeste Geräusch.

Er vergrub das Gesicht in ihrem honigsüßen Paradies, leckte und kostete, neckte und befriedigte sie. Jedes Mal wenn sie wimmerte und sich wand, schwoll sein Schwanz an. Was würde er nicht dafür geben, sie an seiner Zunge kommen zu spüren.

Aber heute Abend ging es darum, sie zu beanspruchen. Sie zu seiner Gefährtin zu machen, nicht nur mit Worten, sondern mit Taten. Sie hatten schon einmal Sex gehabt, aber das war anders. Sie hatten beide Geheimnisse gehabt. Beide hatten sich zurückgehalten.

Jetzt nicht mehr.

Er glitt an ihrem Körper hinauf und verteilte Küsse auf dem Weg. Als er sich über sie beugte, öffnete sie die Augen, kaum merklich, die Lider schwer vor Verlangen. Sie öffnete ihre geschwollenen Lippen und flüsterte: »Ich liebe dich, Ares.«

»Oh, Charly. Ich liebe dich so verdammt sehr.« Er küsste sie, während er mit der Spitze seines Schwanzes in sie eindrang. Ihr Geschlecht bot ihm einen warmen und feuchten Hafen, in dem er sich vergraben konnte. Er ging langsam, aber tief, sank vollständig hinein und rieb sich an ihr. Sie keuchte, als er die Hüften kreisen ließ und mit seinem Schwanz Druck auf ihren G-Punkt ausübte, ihre Körper perfekt füreinander.

Ihr Geschlecht krampfte sich fest um seinen Schaft, aber er konnte immer noch stoßen. Er glitt in sie hinein, aber nicht zu schnell, denn sie sollte kommen, bevor er es tat. Er wollte ihr Gesicht sehen, wenn sie zum Höhepunkt kam.

Das war der Plan, aber mit ihren Muskeln, die ihn umklammerten, ihren leisen Geräuschen der Lust und seinem eigenen Bedürfnis kam er nahe an den Abgrund. Er hielt jedoch durch, bis sie zuckte, ihre Muschi sich verkrampfte und ihm das Signal gab zu kommen.

Und er kam.

Ohne Kondom.

Scheiße. Er hatte noch nie eins vergessen.

Sie musste sein Gesicht gesehen haben, denn sie flüsterte: »Was ist los?«

»Ich habe vergessen, ein Gummi überzuziehen.«

Sie verzog den Mund zu einem Lächeln. »Das ist in Ordnung. Ich wollte schon immer ein paar Kinder haben.«

»Das dachte ich nie, bis du kamst«, gab er zu.

»Und jetzt?«

»Jetzt will ich den ganzen häuslichen Kram.«

Sie lachte. »Wirst du mich mit den Kindern zu Hause halten?«

»Nur wenn es das ist, was du willst. Ich will nur jeden Morgen mit deinem Lächeln aufwachen.«

»Ich denke, das lässt sich einrichten, solange du versprichst, jede Nacht mit mir zu kuscheln.«

»Das wäre vielleicht eine Möglichkeit«, neckte er sie, während er sie an sich zog, um mit seiner Gefährtin zu kuscheln.

Das musste er seinem Wolf lassen. *Gefährtin* hatte einen schönen Klang.

Hab's dir ja gesagt.

Sein Wolf hätte ihm jedoch nicht sagen können, wie sehr er Charlys Gesellschaft genießen würde. Sie redeten, sie liebten sich, sie kuschelten und schliefen schließlich ein.

Der Morgen kam viel zu früh, mit einem Kind, das auf dem Bett hüpfte. »Mama, Ares! Es ist Weihnachten!«

In der Tat, das war es, und er hatte schon das schönste Geschenk neben sich liegen.

Charly öffnete ein Auge, um ihre Tochter zu betrachten. »Ist die Sonne schon aufgegangen?«

»Ja.« Greta sprang vom Bett und lief los, um den Vorhang zu öffnen und sie mit Licht zu blenden.

»Hast du dir die Zähne geputzt und gepinkelt?«, fragte sie als Nächstes.

Greta rollte mit den Augen. »Ja. Können wir nach unten gehen?«

»Ich muss mir noch die Zähne putzen und pinkeln«, erklärte Charly, was Greta ein Stöhnen entlockte.

»Beeil dich, Mama. Ich habe die Treppe runtergeguckt, und der Weihnachtsmann hat Geschenke gebracht. Ganz viele!«, rief sie und breitete die Arme aus.

»Ich komme, Süße. Gib mir eine Sekunde, um aufzuwachen.«

Ares rollte sich in seiner Jogginghose aus dem Bett und schnappte sich ein Hemd. »Wie wäre es, wenn ich Kaffee mache und nachsehe, ob es für die aufgeregte Prinzessin etwas Schokomilch gibt?«

»Jaaa.« Greta streckte die Arme aus, und Ares nahm sie hoch, wobei er die zerzaust und müde aussehende Charly zurückließ. Zu ihrer Verteidigung sei gesagt, dass sie einen Teil der Nacht damit verbracht hatten, zu reden und Liebe zu machen, anstatt zu schlafen.

Noch einen Welpen gezeugt. Sein Wolf war einverstanden.

Gut möglich, denn in der zweiten Runde hatte Charly den Kopf geschüttelt, als er sie fragte, ob er ein Kondom holen sollte. Sie hatte ihn an sich gezogen und geflüstert: »Wenn es passiert, dann passiert es.«

Ein Baby? Er konnte sich nichts Besseres vorstellen.

Als er die Küche betrat, gab es keine Überraschung: Oma war schon da, mit frisch gebrühtem Kaffee.

»Fröhliche Weihnachten!«, rief Greta aus.

»Und dir auch frohe Weihnachten. Braucht jemand frische Schokomilch?«

»Ich.« Greta zappelte, und er setzte sie ab, damit sie sich eine Umarmung holen konnte. Oma war ein ganz anderer Mensch, wenn ein Kind in der Nähe war. Sie lächelte, und es war nicht mehr das furchterregende Grinsen, das er bei ihr gesehen hatte, als sie Söldner erschoss.

»Wo ist Opa?«, fragte Ares, während er zwei Tassen Kaffee einschenkte.

»Er sieht nach den Tieren. Derek und Athena sind noch nicht aufgestanden, aber ich glaube nicht, dass sie noch lange schlafen werden.« Oma holte ein Glas hervor, während Greta vorsichtig den Krug mit Schokoladenmilch zum Tresen trug.

»Charly wird in ein paar Minuten unten sein.« Ein Blick nach draußen ließ ihn murmeln: »Der Sturm hat sich verzogen.«

»Ja, aber die Aufräumarbeiten werden eine

Weile dauern. Die Straßen sind be-« Oma fing sich und sagte: »Rutschig.«

Er unterdrückte ein Lächeln, als sie versuchte, nicht vor Greta zu fluchen. »Ich sollte meiner Mutter und Selene Bescheid sagen. Sie haben seit gestern Abend wieder Strom, aber sie sagten, die Straße sei nicht geräumt worden und unter etwa dreißig Zentimetern Schnee begraben.«

»Uns hat es erwischt«, sagte Oma, »aber wir werden es schön gemütlich haben, nicht wahr, Schatz?«

»Wir sollten mehr Kekse backen«, sagte Greta.

»Ich glaube, du hast recht.«

Oma setzte Greta mit ihrer Schokoladenmilch und ein paar Apfelscheiben an den Tisch und murmelte: »Da ich keine Enkelin habe, mit der du dich verabreden kannst, finde ich deine Wahl gut. Charlotte ist eine gute Frau und eine gute Mutter. Sie hat die Nachricht von der Lykanthropie ihres Kindes erstaunlich gut verkraftet.«

»Das ist gut, denn wir könnten heute Nacht eine Wiederholung sehen.« Was ihn erinnerte ... Er setzte sich neben Greta und sagte: »Weißt du noch, wie du dich gestern in einen Wolf verwandelt hast?«

Sie nickte.

»Das ist etwas, das du niemandem erzählen darfst.«

»Ein Geheimnis?«

Er nickte.

»Mama sagt, ich soll nicht lügen.«

»Das ist nicht wirklich eine Lüge, es ist eher so, dass du es Leuten nicht erzählen solltest, die es nicht verstehen und uns vielleicht verletzen würden. Nicht jeder mag Wölfe.«

»Ich mag sie.«

»Ich auch. Aber manche Leute mögen sie nicht, und deshalb müssen wir diesen Teil von uns geheim halten.«

Greta hielt mit einem Apfelstück auf halbem Weg zum Mund inne, bevor sie sagte: »Ich muss es vor dir nicht geheim halten.«

»Nein. Ich, Athena, Selene, wir alle wissen, was es bedeutet, Lykaner zu sein. Das ist der schicke Name für unsere Wolfsseite. Du kannst auch Oma, Opa, Derek und Athenas Mutter vertrauen.«

»Okay.« Greta stimmte leicht zu, bevor sie seufzte: »Mama braucht so lange.«

Ein paar Minuten am Weihnachtsmorgen, eine Ewigkeit für ein Kind.

Bald waren sie im Wohnzimmer, und das Zerreißen des Papiers begann. Greta war überglücklich über ihre schicke Barbie. Charly musterte ihre nagelneue Bürokleidung mit Erstaunen.

»Wie hast du die Zeit dafür gefunden?«, fragte sie Ares.

»Athena hat geholfen«, gab er zu. »Ich dachte, du möchtest vielleicht ein paar schicke Klamotten für deinen neuen Job.«

»Ich hatte keine Gelegenheit, dir etwas zu kaufen.« Sie zog die Mundwinkel nach unten.

»Du bist das beste Geschenk aller Zeiten«, sagte er und beugte sich für einen Kuss vor.

Um die Mittagszeit füllte Greta einen Teller mit Obstkuchen und Erdnüssen von dem Buffet aus Snacks, das Oma aufgebaut hatte. Als sie zur Haustür ging, fragte Charly: »Wohin gehst du, Süße?«

»Ich füttere Mr. Eichhörnchen.« Sie zeigte auf das Fenster, durch das ein pelziges Gesicht mit einem weißen Büschel auf dem Kopf hereinschaute.

Ares grummelte. »Ich kann nicht glauben, dass Skippy sich im Baum versteckt hat.«

»Das war gut so. Ohne ihn wäre Barry vielleicht mit Greta verschwunden.«

»Heißt das, ich kann ihn nicht fressen?«, brummte er.

»Untersteh dich«, schnaubte Charly.

»Na schön.« Er beugte sich nahe genug zu ihr, dass er ihr ins Ohr flüstern konnte: »Kann ich dich fressen?«

Die Röte in ihren Wangen war es so was von wert.

Am Nachmittag war viel los, als Selene mit seiner Mutter ankam und noch mehr Geschenke mitbrachte. Die Leiche vom Vortag war beseitigt worden, und der blutige Schnee vor dem Haus war geschaufelt worden, sodass keine Spuren des Angriffs zurückblieben.

Ihr Abendessen am späten Nachmittag erwies sich als laut und chaotisch. Mit anderen Worten: fantastisch. Ares und seine kleine Familie waren plötzlich mehr als doppelt so groß. Es gab einen riesigen Truthahn, natürlich aus eigener Zucht. Mit Honig glasierte Möhren. Kartoffelpüree, geröstet, um eine knusprige Kruste zu bekommen. Frische Brötchen aus dem Ofen. Eine zum Sterben gute Füllung. Kirschkuchen und Eclairs.

Es wurde aufgeknöpft und gelöst, als alle den Bund ihrer Hose lockerten.

Es war Selene, die auf die Uhr schaute und sagte: »Es ist bald so weit.«

Greta wurde bei ihren Worten hellhörig. »Werde ich zum Wolf?«

Ares und seine Schwestern hatten ihr abwechselnd von Lykanthropie erzählt, was sie bedeutete, was sie zu erwarten hatte, was sie tun konnte und was nicht. Greta nahm es auf, ebenso wie Charly, eine Mutter, die entschlossen war, sie zu akzeptieren und zu unterstützen.

»Lass es uns herausfinden.« Selene streckte eine Hand aus, und Greta ergriff sie. Charly verkrampfte sich, also umarmte Ares sie und flüsterte: »Keine Sorge. Wir werden auf sie aufpassen.«

»Ich weiß, dass ihr das tut. Seid vorsichtig.«

»Immer.«

Kurz bevor der Mond aufging, zogen sie Bademäntel an. Nun, die Erwachsenen taten es. Greta trug eines von Dereks karierten Hemden, die Knöpfe geöffnet. Sie gingen auf die Veranda und entledigten sich ihrer Kleidung, als der Mond aufging. Ihre nackten Körper zitterten, bis das Mondlicht ihre Haut küsste und sie von Haut zu Fell wechselten.

Sogar Greta.

Sie liefen los, drei große Wölfe und ein kleiner Welpe, die durch den Schnee rasten. Sie jagten einander. Kläfften. Spielten.

Wir sind ein Rudel.

BEATRICE LEGTE EINEN ARM UM Charlotte. »Ich weiß, dass es schwer ist, aber ich versichere dir, eine Wolfsmutter zu sein ist ein besonderes Geschenk«, murmelte sie. »Obwohl, wenn du einen Jungen bekommst, musst du dich darauf einstellen, dass er alles vollpinkelt.«

»Ich habe gehört, was mit deinem Mann passiert ist.« Ares' Vater war von einem Jäger erschossen worden.

»Er wusste es besser, als während der Jagdsaison im Pelz herumzulaufen. Wir besitzen nicht umsonst ein großes Grundstück, aber aus irgendeinem Grund ist er in dieser Nacht woanders hingegangen.«

Charlotte würde nicht zulassen, dass Greta diesen Fehler machte.

Sie sah zu, wie die Wölfe bellten und durch den Schnee tollten, aber viel zu schnell liefen sie in den Wald, der laut Opa ein sicheres Gebiet war.

Obwohl sie aufbleiben wollte, bis sie zurückkamen, schlief Charlotte auf dem Sofa ein und wachte mit kalten Händen an ihren Wangen auf.

»Mama!«

»Süße.« Charlotte wachte sofort auf. »Wie war es?«

Greta grinste. »Ich habe den Mond angeheult.«

»Hattest du Spaß?«

»Sehr. Aber es ist nicht fair.«

»Was ist nicht fair?«

Greta verzog die Lippen. »Mädchen können nicht an Bäume pinkeln.«

Woraufhin Ares, der in einem Bademantel das Wohnzimmer betrat, lachte. »Wie wäre es, wenn ich sie für dich anpinkle?«

Und so ging ihr Tag zu Ende. Sie war in einer Beziehung mit einem Werwolf, Mutter eines Welpen, wahnsinnig glücklich und verliebt.

Das beste Weihnachten aller Zeiten.

EPILOG

Greta balancierte vorsichtig das Tablett, als sie das Schlafzimmer betrat. Oma Bee – denn sie war die Honigbienendame – hatte ihr geholfen, das besondere Frühstück vorzubereiten, und es dann die Treppe hinaufgetragen. Aber Greta wollte diejenige sein, die es präsentierte.

Sie wackelte nur leicht, als sie es zu dem Bett brachte, in dem ihre Mama und Ares lagen.

Mama öffnete die Augen und lächelte. »Guten Morgen, Süße.«

»Fröhlichen Valentinstag«, verkündete Greta, während sie das Tablett hochhielt. Es wackelte und kippte fast um.

Ares sprang aus dem Bett, ohne Hemd, aber mit Hose. Er und Mama trugen immer einen Schlafanzug, nicht so wie beim ersten Mal, als sie sie nackt im Bett vorgefunden hatte.

»Lass mich dir helfen, Prinzessin.« Er stellte das Tablett auf Mamas Schoß ab, bevor er sich umdrehte und sie in eine feste Umarmung zog. »Fröhlichen Valentinstag für meine besondere Dame«, murmelte er und rieb seine Nase an ihrer.

Sie kicherte. »Ich bin ein kleines Mädchen, keine Dame.«

»Eigentlich bist du meine Prinzessin, und als die besondere Adlige in meinem Leben habe ich ein Geschenk für dich.«

»Ooooh.« Sie konnte nicht anders, als vor Freude zu gurren.

»Setz dich neben deine Mutter, während ich es hole.«

Mama schmiegte Greta an ihre Seite, während sie auf einem Stück Speck kaute. Ares kam mit zwei Schachteln zurück, eine kleine für Mama, eine große für sie.

Greta grinste ihre Mutter an. »Meine ist größer.«

Mama schnaubte. »Das habe ich gemerkt.«

Ares rutschte ins Bett und hielt sie zwischen sich und Mama gedrückt, während er sagte: »Macht sie auf.«

»Du zuerst, Süße.«

Das Erste, was Greta hinter dem rosa Seidenpapier sah? Einen Plüschwolf mit einer rosa Schleife. Sie umarmte ihn. »Mein ganz eigener Welpe.«

»Da ist noch mehr«, drängte er und deutete auf einen Umschlag am Boden.

Sie öffnete ihn und sah einen Zettel mit vielen Wörtern. »Ist es eine Geschichte?«

»So ähnlich. Es ist die Geschichte eines Mannes, der eines Tages eine Frau und ihre schöne Prinzessinnentochter traf und sich in sie verliebte. Er liebte sie so sehr, dass er sie für immer bei sich haben wollte. Und so adoptierte er die kleine Prinzessin.«

»Adoptiert«, wiederholte Greta das Wort, und ein Lächeln umspielte ihre Lippen, denn sie wusste, was es bedeutete. Mama hatte mit ihr darüber gesprochen. »Bist du damit mein Papa?«

»Ja. Ich hoffe, das ist in Ordnung.«

»Jaaa!« Greta stürzte sich auf ihn und umarmte ihn so fest, dass er kaum Luft bekam und bettelte: »Gnade.«

Sie kicherte. Ares war immer so lustig. Sie ließ sich wieder zwischen ihre Mama und ihren neuen Papa plumpsen. Sie hatte gerade das allerbeste Geschenk bekommen. Die arme Mama mit ihrer kleinen Schachtel. »Mama ist dran.«

Mamas Augen wurden feucht, als sie ihr Geschenk öffnete. Darin war ein Ring.

Papa hörte sich an, als würde er ersticken, als er sagte: »Charly, ich liebe dich mehr als alles andere auf der Welt. Willst du mich heiraten?«

»Sag Ja, Mama. Dann wird er wirklich mein Papa sein.«

»Auf dem Papier steht schon, dass er es ist, aber ich denke, wir können es offiziell machen.«

Sie küssten sich. Ekelhaft. Aber Greta war damit einverstanden, denn das taten Mamas und Papas, wenn sie sich liebten.

Die Geschenke waren aber noch nicht fertig. Mama hatte auch eins, einen Umschlag, auf dem *Greta und Ares* stand.

Sie verstand das seltsame Bild nicht, auf dem Schwarz mit Grau und Weiß verwirbelt war, aber Ares schon. Er beugte sich zu ihr herunter und flüsterte: »Du wirst eine große Schwester sein.«

»Das werde ich!« Der beste Valentinstag aller Zeiten.

SELENE GING ENDLICH AUf IHRE Kreuzfahrt. Ohne ihre Mutter. Es war nicht ihre Entscheidung, aber anscheinend hatte ihre Mutter als neue Oma die Pflicht, ihre Enkelin zu verwöhnen. Selene argumentierte, eine Tante habe das gleiche Recht. Wie auch immer, ihre Familie bestand darauf, dass sie ging, und buchte ihr eine Singles-Reise, die mit dem Valentinstag zusammenfiel.

Als bräuchte sie Hilfe, um flachgelegt zu werden. Ständig wurde sie von Männern angemacht, aber keiner konnte ihre Aufmerksamkeit erregen. Selene wollte eine große Liebe. Sie wollte, dass ihr Herz im Sturm erobert wurde, wie bei Athena mit Derek und Charlotte mit ihrem Bruder.

War das zu viel verlangt?

Mom sagte immer wieder, dass sie eines Tages den Richtigen treffen würde, und dann würde sie es wissen. Das hoffte sie sehr, denn jedes Mal, wenn sie mit ihren Geschwistern zusammen war, fühlte sie sich langsam wie das fünfte Rad am Wagen.

Der Flug nach Orlando dauerte nur knapp vier Stunden. Und dann war da noch der Bus, den die Kreuzfahrtgesellschaft zur Verfügung stellte, der sie zum Hafen brachte, wo die meisten Passagiere im Alter ihrer Mutter waren.

Das könnte interessant werden.

Vor allem weil das eine ältere Ehepaar sein Gepäck mit Ananasaufklebern vollgepflastert hatte.

Als die beiden sie anlächelten und fragten, ob sie mit ihnen etwas trinken wolle, lehnte sie höflich ab. Würde das eine Kreuzfahrt für ältere Swinger werden?

Igitt.

Vielleicht sollte sie einfach in ihrem Zimmer bleiben, ein Buch lesen und sich Essen bestellen.

Als die Schlange der Anstehenden langsam vorwärtsging und sich das Anbordgehen bis achtzehn Uhr dreißig verzögerte, bemerkte sie die großen Hunde, die die Leute beschnüffelten. Drogenspürhunde. Sie hatte zwar keine Drogen bei sich, aber angesichts ihrer lykanischen Abstammung war sie nicht überrascht, dass sie in ihre Richtung bellten.

Als eine Frau mit Latexhandschuhen und Uniform ihr bedeutete, zur Seite zu treten, fand Selene sich damit ab, dass sie einer Leibesvisitation unterzogen und befragt würde.

Zu ihrer Überraschung sagte eine tiefe Stimme mit leichtem Akzent: »Das wird nicht nötig sein. Sie gehört zu mir.«

Überrascht blickte sie den gut aussehenden Mann im schicken Anzug an. »Verzeihung. Kennen wir uns?«

»Nein, aber ich habe vor, das zu ändern, sobald wir an Bord sind«, sagte er mit einem Lächeln und einem Zwinkern.

MEIN FREUND MARKIERT BÄUME

Ein Schauer lief ihr über den Rücken. Vielleicht würde sie ja doch noch Spaß haben.

Machen Sie sich bereit, denn Selene wird im nächsten Buch *Mein Freund beißt gern* ihre große Liebe treffen.
Moonstruck Mating : EveLanglais.com

www.ingramcontent.com/pod-product-compliance
Lightning Source LLC
LaVergne TN
LVHW031610060526
838201LV00065B/4800